出口成章

腹有诗书气自华

吴雨 编著

中国商业出版社

图书在版编目（CIP）数据

出口成章 : 腹有诗书气自华 / 吴雨编著 . -- 北京 : 中国商业出版社，2025. 8. -- ISBN 978-7-5208-3536-7

Ⅰ . I207.2

中国国家版本馆 CIP 数据核字第2025L357M3号

责任编辑：常　松

中国商业出版社出版发行

（www.zgsycb.com 100053 北京广安门内报国寺 1 号）

总编室：010-63180647　编辑室：010-83114579

发行部：010-83120835/8286

新华书店经销

河北吉祥印务有限公司印刷

*

710 毫米 × 1000 毫米　16 开　9 印张　70 千字

2025 年 8 月第 1 版　2025 年 8 月第 1 次印刷

定价：68.00 元

* * * * *

前　言

让表达成为生活的诗意绽放

在这个信息如浪潮般汹涌的时代，人们被无数的资讯包围，可令人无奈的是，很多人的表达却变得十分贫瘠。面对壮丽巍峨的高山、潺潺流淌的溪水、鬼斧神工的自然奇观，常常只能发出“好美”“太赞了！”这样单薄的感叹；遇到让自己心动不已的瞬间，满心的欢喜与激动，最后也仅仅化作一句“绝绝子”；甚至连内心最真挚、最细腻的情感，都被困在了那些千篇一律的表情包里，难以真正地表达出来。我们仿佛患上了一种“失语症”，在丰富的世界面前，语言变得如此苍白无力。

然而，语言本应是人类最强大的沟通工具，是我们传递情感、表达思想、记录生活的美好媒介。它不该被简化为几个单调的词汇和生硬的表情。正是在这样的背景下，本书应运而生，它如同一位贴心的向导，带我们走出语言的困境，重新找回表达的魅力与力量。

这本书是一本打破“失语”困境的金句宝典，它巧妙地将语言艺术融入生活的方方面面。无论是面对壮丽的自然风光，想要抒发内心的震撼与赞美；还是在日常的社交对话中，希望更好地与他人沟通交流，传递自己的想法和情感；抑或是在情感抒怀中，想要细腻地表达自己的喜怒哀乐，本书都进行了精心的分类，涵盖了生活中常见的各种主题，并收录了所对应的诗词。在这里，你可以领略“我见青山多妩媚”的诗意，仿佛与古人一同站在青山之下，感受大自然的妩媚与神奇；也能体会到“关关雎鸠，在河之洲。窈窕淑女，君子好逑”的愉悦，仿若穿越千年，在潺潺流水畔聆听那份对美好爱情的向往与憧憬。

这本书不仅仅是让我们欣赏这些优美的语句，更重要的是，它能让我们掌握将日常感悟转化为动人表达的技巧。它也不是高深莫测的文学理论，而是一本可以随身携带的“表达急救包”，在我们需要的时候，随时为我们提供合适的金句。

当我们踏上旅行的征程，面对壮丽的山川河流，这本书能帮助我们捕捉到山川的灵气，用更生动、更富有感染力的语言来描述我们眼中的美景，让那些美好的瞬间不再仅仅是脑海中的记忆，而是能通过我们的语言，让他人也能感受到那份震撼与美丽；在社交场合中，它能让我们用真挚的语言传递温暖，拉近与他人的距离，让交流不再是表面的寒暄，而是心与心的沟通；在日常生活中，它能唤醒我们对生活的细腻感知，让我们从平凡的事物中发现美好，用语言记录下生活的点点滴滴，让每一个瞬间都变得有意义。

文字是有温度的，它能承载我们的情感，记录我们的生活，成为我们与他人沟通的桥梁。亲爱的读者，无论你是渴望提升自己表达能力的普通人，还是希望在生活中增添一份诗意的人，都请翻开这本书吧。让我们一起告别语言的苍白，在文字的世界里尽情遨游，让每一次表达都成为点亮生活的诗意瞬间，让我们的生活变得诗意和浪漫。

目录

第一章

恋语呢喃

——风月情长，一笺尽诉相思意

通俗表达：想见又见不到她。

雅致表达：静女其姝，俟我于城隅。爱而不见，搔首踟蹰。

——佚名《诗经·邶风·静女》

通俗表达：我想和你白头到老。

雅致表达：执子之手，与子偕老。

——佚名《诗经·邶风·击鼓》

通俗表达：想你想得发狂。

雅致表达：一日不见，如三月兮。

——佚名《诗经·郑风·子衿》

通俗表达：我喜欢的人，在河的对岸。

雅致表达：所谓伊人，在水一方。

——佚名《诗经·秦风·蒹葭》

通俗表达：我想追求那个美丽的女子。

雅致表达：窈窕淑女，君子好逑。

——佚名《诗经·周南·关雎》

通俗表达：我喜欢你，你却不知道。

雅致表达：山有木兮木有枝，心悦君兮君不知。

——佚名《越人歌》

通俗表达：我想与你永远不分离。

雅致表达：天地合，乃敢与君绝。

——佚名《上邪》

通俗表达：你看我一眼，让我日日夜夜地想念你。

雅致表达：只缘感君一回顾，使我思君朝与暮。

——佚名《古相思曲·其二》

通俗表达：希望遇到一个真心爱人，陪我到老。

雅致表达：愿得一心人，白首不相离。

——卓文君《白头吟》

通俗表达：一天见不到你就浑身不自在。

雅致表达：一日不见兮，思之如狂。

——司马相如《凤求凰》

通俗表达：对你的思念没有尽头。

雅致表达：思君如流水，何有穷已时。

——徐干《室思·其三》

通俗表达：真想飞到你身边。

雅致表达：愿为西南风，长逝入君怀。

——曹植《七哀诗》

通俗表达：思念让人憔悴。

雅致表达：思君如满月，夜夜减清辉。

——张九龄《赋得自君之出矣》

通俗表达：我坐在书房里思念你。

雅致表达：寂寞书斋里，终朝独尔思。

——杜甫《冬日有怀李白》

通俗表达：想你想得好煎熬！

雅致表达：相思相见知何日？此时此夜难为情！

——李白《三五七言 / 秋风词》

通俗表达：秋风吹不散我对你的思念。

雅致表达：秋风吹不尽，总是玉关情。

——李白《子夜吴歌·秋歌》

通俗表达： 日日夜夜想着你。

雅致表达： 长相思，在长安。

——李白《长相思·其一》

通俗表达： 你在哪里，我的心就在哪里。

雅致表达： 思君若汶水，浩荡寄南征。

——李白《沙丘城下寄杜甫》

通俗表达： 你是知道我想你了，所以才来到我梦里吗？

雅致表达： 故人入我梦，明我长相忆。

——杜甫《梦李白二首·其一》

通俗表达： 真的舍不得你。

雅致表达： 凄凄去亲爱，泛泛入烟雾。

——韦应物《初发扬子寄元大校书》

通俗表达： 可惜，我们相遇太晚。

雅致表达： 还君明珠双泪垂，恨不相逢未嫁时。

——张籍《节妇吟·寄东平李司空师道》

通俗表达： 红豆寄思念。

雅致表达： 红豆生南国，春来发几枝。愿君多采撷，此物最相思。

——王维《相思》

通俗表达： 我想念的人远在天边。

雅致表达： 我有所念人，隔在远远乡。

——白居易《夜雨》

通俗表达： 等不到你，真让人绝望。

雅致表达： 相恨不如潮有信，相思始觉海非深。

——白居易《浪淘沙·借问江潮与海水》

通俗表达： 我要与你形影不离。

雅致表达： 在天愿作比翼鸟，在地愿为连理枝。

——白居易《长恨歌》

通俗表达： 爱情真无奈。

雅致表达： 昭阳殿里恩爱绝，蓬莱宫中日月长。

——白居易《长恨歌》

通俗表达： 无尽的相思。

雅致表达： 斑竹枝，斑竹枝，泪痕点点寄相思。

——刘禹锡《潇湘神·斑竹枝》

通俗表达： 物是人非。

雅致表达： 人面不知何处去，桃花依旧笑春风。

——崔护《题都城南庄》

通俗表达： 遇到过最好的人，就爱不上其他人了。

雅致表达： 曾经沧海难为水，除却巫山不是云。

——元稹《离思五首·其四》

通俗表达： 这一切以后和我无关了。

雅致表达： 从此无心爱良夜，任他明月下西楼。

——李益《写情》

通俗表达： 中秋节，我想你了。

雅致表达： 今夜月明人尽望，不知秋思落谁家。

——王建《十五夜望月寄杜郎中》

通俗表达： 秋风起，我更加思念你。

雅致表达： 秋风生渭水，落叶满长安。

——贾岛《忆江上吴处士》

通俗表达： 太想你，看谁都像你。

雅致表达： 相思一夜梅花发，忽到窗前疑是君。

——卢仝《有所思》

通俗表达： 不舍得你离开。

雅致表达： 蜡烛有心还惜别，替人垂泪到天明。

——杜牧《赠别二首·其二》

通俗表达：错过了你，错过了爱。

雅致表达：自恨寻芳到已迟，往年曾见未开时。

——杜牧《叹花》

通俗表达：想你想到骨子里了。

雅致表达：玲珑骰子安红豆，入骨相思知不知。

——温庭筠《南歌子词二首 / 新添声杨柳枝词》

通俗表达：盼着和你一起谈天说地。

雅致表达：何当共剪西窗烛，却话巴山夜雨时。

——李商隐《夜雨寄北》

通俗表达：我们的心是相通的。

雅致表达：身无彩凤双飞翼，心有灵犀一点通。

——李商隐《无题·昨夜星辰昨夜风》

通俗表达：可惜见不到你了。

雅致表达：深知身在情长在，怅望江头江水声。

——李商隐《暮秋独游曲江》

通俗表达：明知想你没用，就是忍不住。

雅致表达：直道相思了无益，未妨惆怅是清狂。

——李商隐《无题·重帏深下莫愁堂》

通俗表达： 失去的东西很难再回来。

雅致表达： 此情可待成追忆，只是当时已惘然。

——李商隐《锦瑟》

通俗表达： 对你的思念，一刻也没停过。

雅致表达： 忆君心似西江水，日夜东流无歇时。

——鱼玄机《江陵愁望寄子安 / 江陵愁望有寄》

通俗表达： 钱财好找，真心难得。

雅致表达： 易求无价宝，难得有心郎。

——鱼玄机《赠邻女 / 寄李亿员外》

通俗表达： 时光流逝，世事无常。

雅致表达： 多情只有春庭月，犹为离人照落花。

——张泌《寄人》

通俗表达： 我的相思没有尽头。

雅致表达： 天涯地角有穷时，只有相思无尽处。

——晏殊《玉楼春·春恨》

通俗表达： 不知道你现在在何处。

雅致表达： 欲寄彩笺兼尺素，山长水阔知何处。

——晏殊《蝶恋花·槛菊愁烟兰泣露》

通俗表达： 世事无常。

雅致表达： 无可奈何花落去，似曾相识燕归来。

——晏殊《浣溪沙·一曲新词酒一杯》

通俗表达： 我要去赴约了。

雅致表达： 月上柳梢头，人约黄昏后。

——欧阳修《生查子·元夕》

通俗表达： 我的悲伤无处安放。

雅致表达： 泪眼问花花不语，乱红飞过秋千去。

——欧阳修《蝶恋花·庭院深深深几许》

通俗表达： 为情痴狂。

雅致表达： 人生自是有情痴，此恨不关风与月。

——欧阳修《玉楼春·尊前拟把归期说》

通俗表达： 我想你想得人都瘦了。

雅致表达： 衣带渐宽终不悔，为伊消得人憔悴。

——柳永《蝶恋花·伫倚危楼风细细》

通俗表达： 这辈子心里全是你，却辜负了你流不尽的眼泪。

雅致表达： 系我一生心，负你千行泪。

——柳永《忆帝京·薄衾小枕凉天气》

通俗表达： 纵有千言万语，却哽咽得一句话都说不出来。

雅致表达： 执手相看泪眼，竟无语凝噎。

——柳永《雨霖铃·寒蝉凄切》

通俗表达： 我对你的思念无处不在。

雅致表达： 相思只在，丁香枝上，豆蔻梢头。

——王雱《眼儿媚·杨柳丝丝弄轻柔》

通俗表达： 长久的爱情经得起时间和距离的考验。

雅致表达： 两情若是久长时，又岂在朝朝暮暮。

——秦观《鹊桥仙·纤云弄巧》

通俗表达： 思绪剪不断，理还乱。

雅致表达： 自在飞花轻似梦，无边丝雨细如愁。

——秦观《浣溪沙·漠漠轻寒上小楼》

通俗表达： 今夜很浪漫。

雅致表达： 夜月一帘幽梦，春风十里柔情。

——秦观《八六子·倚危亭》

通俗表达： 天天想你却见不到你。

雅致表达： 日日思君不见君，共饮长江水。

——李之仪《卜算子·我住长江头》

通俗表达： 想和你下辈子再相爱，又怕下辈子缘分不够。

雅致表达： 欲将恩爱结来生，只恐来生缘又短。

——晏几道《木兰花·初心已恨花期晚》

通俗表达： 害怕这是一场梦。

雅致表达： 今宵剩把银釭照，犹恐相逢是梦中。

——晏几道《鹧鸪天·彩袖殷勤捧玉钟》

通俗表达：月亮还是那个月亮，人却散了。

雅致表达：当时明月在，曾照彩云归。

——晏几道《临江仙·梦后楼台高锁》

通俗表达：我们各自牵挂，都不好受。

雅致表达：花自飘零水自流。一种相思，两处闲愁。

——李清照《一剪梅·红藕香残玉簟秋》

通俗表达：这份寂寥谁能懂。

雅致表达：莫道不销魂，帘卷西风，人比黄花瘦。

——李清照《醉花阴·薄雾浓云愁永昼》

通俗表达：此情此景让我想起你。

雅致表达：红酥手，黄縢酒，满城春色宫墙柳。

——陆游《钗头凤·红酥手》

通俗表达：曾惊艳我的那个人，再也见不到了。

雅致表达：伤心桥下春波绿，曾是惊鸿照影来。

——陆游《沈园二首·其一》

通俗表达：我时时刻刻都在想你。

雅致表达：思君忆君，魂牵梦萦。

——刘过《醉太平·情深意真》

通俗表达： 爱情到底是什么？

雅致表达： 问世间，情为何物，直教生死相许？

——元好问《摸鱼儿·雁丘词》

通俗表达： 我喜欢上一个人，心里全是他（她）。

雅致表达： 平生不会相思，才会相思，便害相思。

——徐再思《折桂令·春情》

通俗表达： 一转身就是天隔一方。

雅致表达： 惟有潜离与暗别，彼此甘心无后期。

——白居易《潜别离》

通俗表达： 相思到最后，不过是一场空。

雅致表达： 春心莫共花争发，一寸相思一寸灰！

——李商隐《无题·飒飒东风细雨来》

通俗表达： 最近更加思念你了。

雅致表达： 近来心更切，为思君。

——温庭筠《南歌子·懒拂鸳鸯枕》

通俗表达： 从早到晚，满心都是你。

雅致表达： 晚看天色暮看云，行也思君，坐也思君。

——唐寅《一剪梅·雨打梨花深闭门》

通俗表达：希望我是柳叶，一直和春风相伴。

雅致表达：此时愿作，杨柳千丝，绊惹春风。

——张先《诉衷情·花前月下暂相逢》

通俗表达：相爱的人，早晚会在一起。

雅致表达：两朵隔墙花，早晚成连理。

——牛希济《生查子·新月曲如眉》

通俗表达：我在风里站了半宿，到底是为了谁呢？

雅致表达：似此星辰非昨夜，为谁风露立中宵。

——黄景仁《绮怀十六首·其十五》

第二章

风雨同舟

——字里存真，三言两语见人情

通俗表达：友谊长存。

雅致表达：愿岁并谢，与长友兮。

——屈原《九章·橘颂》

通俗表达：知己，可遇不可求。

雅致表达：知我者，谓我心忧；不知我者，谓我何求。

——佚名《诗经·王风·黍离》

通俗表达：各自努力，顶峰相见。

雅致表达：于道各努力，千里自同风。

——周行己《送友人东归》

通俗表达：患难之中见真情。

雅致表达：一死一生，乃知交情。一贫一富，乃知交态。一贵一贱，交情乃见。

——司马迁《史记·汲郑列传》

通俗表达：送枝花给你，表表我的心意。

雅致表达：江南无所有，聊赠一枝春。

——陆凯《赠范晔诗》

通俗表达：离别的心意该用什么来赠送呢？

雅致表达：离心何以赠，自有玉壶冰。

——骆宾王《别李峤得胜字》

通俗表达： 只要是知己，距离不是问题。

雅致表达： 海内存知己，天涯若比邻。

——王勃《送杜少府之任蜀州》

通俗表达： 我们总在对方的梦里出现。

雅致表达： 无论去与住，俱是梦中人。

——王勃《别薛华》

通俗表达： 愿你安好。

雅致表达： 此时相望不相闻，愿逐月华流照君。

——张若虚《春江花月夜》

通俗表达： 心在一起，远隔万里也无所谓。

雅致表达： 相知无远近，万里尚为邻。

——张九龄《送韦城李少府》

通俗表达： 远在天边的我，与你共享同一时刻的月光。

雅致表达： 海上生明月，天涯共此时。

——张九龄《望月怀远 / 望月怀古》

通俗表达： 老友请我去家里吃饭。

雅致表达： 故人具鸡黍，邀我至田家。

——孟浩然《过故人庄》

通俗表达： 重阳节再请你来一起赏花。

雅致表达： 待到重阳日，还来就菊花。

——孟浩然《过故人庄》

通俗表达： 朋友来看我了，很开心。

雅致表达： 忽闻梅福来相访，笑著荷衣出草堂。

——胡令能《喜韩少府见访》

通俗表达： 坐在树下，和好朋友喝酒聊天。

雅致表达： 相逢意气为君饮，系马高楼垂柳边。

——王维《少年行四首·其一》

通俗表达： 我们的感情很深厚。

雅致表达： 桃花潭水深千尺，不及汪伦送我情。

——李白《赠汪伦》

通俗表达： 感情无法用金钱来衡量。

雅致表达： 行来北凉岁月深，感君贵义轻黄金。

——李白《忆旧游寄谯郡元参军》

通俗表达： 对你的离开充满不舍。

雅致表达： 忆君遥在潇湘月，愁听清猿梦里长。

——王昌龄《送魏二》

通俗表达：凭你的人格魅力，不愁交不到朋友。

雅致表达：莫愁前路无知己，天下谁人不识君。

——高适《别董大二首·其一》

通俗表达：交友要选好人。

雅致表达：求友须在良，得良终相善。求友若非良，非良中道变。

——孟郊《求友》

通俗表达：打扫干净屋子，开门欢迎你来做客。

雅致表达：花径不曾缘客扫，蓬门今始为君开。

——杜甫《客至》

通俗表达：不知远在他乡的你，现在心境怎样。

雅致表达：凉风起天末，君子意如何。

——杜甫《天末怀李白》

通俗表达：只盼着能常和你见面。

雅致表达：但使残年饱吃饭，只愿无事常相见。

——杜甫《病后遇王倚饮赠歌》

通俗表达：等退休了，我们做邻居。

雅致表达：皇恩若许归田去，晚岁当为邻舍翁。

——柳宗元《重别梦得》

通俗表达： 什么时候才能一起喝酒聊天？

雅致表达： 何时一樽酒，重与细论文。

——杜甫《春日忆李白》

通俗表达： 我们虽相隔千里，但我们心始终在一起。

雅致表达： 故交在天末，心知复千里。

——储光羲《山中贻崔六琪华》

通俗表达： 真没想到，今夜能和你相聚！

雅致表达： 今夕复何夕，共此灯烛光。

——杜甫《赠卫八处士》

通俗表达： 我在千里之外想念你。

雅致表达： 白云千里万里，明月前溪后溪。

——刘长卿《谪仙怨·晴川落日初低》

通俗表达：你能来看我，真的太让我惊喜了！

雅致表达：古路无行客，寒山独见君。

——刘长卿《碧涧别墅喜皇甫侍御相访》

通俗表达：没想到我们分开这么久了。

雅致表达：浮云一别后，流水十年间。

——韦应物《淮上喜会梁川故人》

通俗表达：我们之间有说不完的话。

雅致表达：别来沧海事，语罢暮天钟。

——李益《喜见外弟又言别》

通俗表达：我们好多年没见了。

雅致表达：十年曾一别，征路此相逢。

——权德舆《岭上逢久别者又别》

通俗表达：你走后，我的心也空了。

雅致表达：同心一人去，坐觉长安空。

——白居易《别元九后咏所怀》

通俗表达：我们什么时候才能重逢呢！

雅致表达：与君相遇知何处，两叶浮萍大海中。

——白居易《答微之》

通俗表达： 你逝去了，而我也老了。

雅致表达： 君埋泉下泥销骨，我寄人间雪满头。

——白居易《梦微之》

通俗表达： 不知你如今在哪儿逍遥自在？

雅致表达： 二十四桥明月夜，玉人何处教吹箫。

——杜牧《寄扬州韩绰判官》

通俗表达： 忽然见到你，像做梦一样。

雅致表达： 乍见翻疑梦，相悲各问年。

——司空曙《云阳馆与韩绅宿别》

通俗表达： 我们何时还能再相见？

雅致表达： 千山与万水，何处更逢君。

——贯休《送人归夏口》

通俗表达： 友情最真挚。

雅致表达： 任说天长海影沈，友朋情比未为深。

——李咸用《和友人喜相遇十首·其十》

通俗表达： 分别半年，你我一直没有联系，你过得好不好？

雅致表达： 别来半岁音书绝，一寸离肠千万结。

——韦庄《应天长·别来半岁音书绝》

通俗表达： 明年的风景更好，可那时不知是谁陪我呢？

雅致表达： 可惜明年花更好，知与谁同？

——欧阳修《浪淘沙·把酒祝东风》

通俗表达： 希望我们友情长存。

雅致表达： 如花似叶，岁岁年年，共占春风。

——晏殊《诉衷情·海棠珠缀一重重》

通俗表达： 人总是有聚有散，有喜有悲。

雅致表达： 人有悲欢离合，月有阴晴圆缺，此事古难全。

——苏轼《水调歌头·明月几时有》

通俗表达： 我知道我的朋友特别惦记我。

雅致表达： 故人早晚上高台。赠我江南春色、一枝梅。

——舒亶《虞美人·寄公度》

通俗表达：希望以后每年常相聚。

雅致表达：但愿长年，故人相与，春朝秋夕。

——赵彦端《柳梢青·生日》

通俗表达：想找人说说话，可惜没几个人懂自己。

雅致表达：欲将心事付瑶琴。知音少，弦断有谁听。

——岳飞《小重山·昨夜寒蛩不住鸣》

通俗表达：有好事多分享，别忘了我。

雅致表达：从此应多好消息，莫忘江上一闲人。

——贯休《送郑阁赴闽辟》

通俗表达：好好吃饭，桂花开时，我们再相见。

雅致表达：凭寄语，劝加餐。桂花时节约重还。

——纳兰性德《于中好·送梁汾南还为题小影》

通俗表达：对你的到来，我感到非常高兴。

雅致表达：我见君来，顿觉吾庐，溪山美哉。

——辛弃疾《沁园春·和吴尉子似》

通俗表达：这份情谊独一无二。

雅致表达：我与先生，夙期已久，人间无此。

——姜夔《永遇乐·次韵辛克清先生》

通俗表达：别为分离而难过，也许以后我们会遇到。

雅致表达：莫恨明朝又离索，人生何处不匆匆。

——陈舜俞《和开祖丹阳别子瞻后寄》

通俗表达：等了好半天，朋友还没来。

雅致表达：有约不来过夜半，闲敲棋子落灯花。

——赵师秀《约客》

通俗表达：我怕我的离开会让朋友思念。

雅致表达：故人相望若为情。别愁深夜雨，孤影小窗灯。

——陈克《临江仙·四海十年兵不解》

通俗表达：这次一别，不知何时再见。

雅致表达：数人世相逢，百年欢笑，能得几回又。

——何梦桂《摸鱼儿·记年时人人何处》

通俗表达：我们能够坦诚相待，不用提防彼此。

雅致表达：虽无刎颈交，却有忘机友。

——白朴《沉醉东风·渔夫》

通俗表达：过些日子，我们又要分开了。

雅致表达：若待明朝风雨过，人在天涯！春在天涯。

——虞集《南乡一剪梅·招熊少府》

通俗表达： 希望你平安。

雅致表达： 季子平安否？便归来，平生万事，那堪回首？

——顾贞观《金缕曲二首·其一》

通俗表达： 盼着下辈子，还能和你再续前缘。

雅致表达： 一日心期千劫在，后身缘、恐结他生里。

——纳兰性德《金缕曲·赠梁汾》

通俗表达： 我们好久没见，终于等到你的信了！

雅致表达： 嵩云秦树久离居，双鲤迢迢一纸书。

——李商隐《寄令狐郎中》

通俗表达： 后悔没能留住你。

雅致表达： 铸就而今相思错，料当初、费尽人间铁。

——辛弃疾《贺新郎·把酒长亭说》

通俗表达：想拉着你一起去赏花喝酒。

雅致表达：闻道郭西千树雪，欲将君去醉如何。

——韩愈《闻梨花发赠刘师命》

通俗表达：与你分别好久了，每天都会思念你好几回。

雅致表达：与子三年别，相思日几回。

——周权《答张渭滨》

第三章

百味人生

——浮生短歌，片语写透沧桑味

通俗表达：世上万物本就虚幻，别被表象迷惑。

雅致表达：菩提本无树，明镜亦非台。本来无一物，何处惹尘埃。

——惠能《菩提偈》

通俗表达：过去的事已无法改变，好好把握未来。

雅致表达：悟已往之不谏，知来者之可追。

——陶渊明《归去来兮辞》

通俗表达：随性而为，坦然面对一切。

雅致表达：纵浪大化中，不喜亦不惧。

——陶渊明《形影神三首·神释》

通俗表达：已经过了日出，还有日落。

雅致表达：东隅已逝，桑榆非晚。

——王勃《滕王阁序》

通俗表达： 万事万物兴衰递减都有规律。

雅致表达： 天地迥，觉宇宙之无穷；兴尽悲来，识盈虚之有数。

——王勃《滕王阁序》

通俗表达： 一晃过了好几年。

雅致表达： 闲云潭影日悠悠，物换星移几度秋？

——王勃《滕王阁诗》

通俗表达： 头发白了才懂时间不等人。

雅致表达： 白发催年老，青阳逼岁除。

——孟浩然《岁暮归南山》

通俗表达： 人生转瞬即逝，有什么可争的？

雅致表达： 蜗牛角上争何事，石火光中寄此身。

——白居易《对酒五首·其二》

通俗表达： 生活就要悠闲自在。

雅致表达： 行到水穷处，坐看云起时。

——王维《终南别业》

通俗表达： 心像水一样没有波澜。

雅致表达： 我心素已闲，清川澹如此。

——王维《青溪》

通俗表达：人生短暂，别荒废。

雅致表达：君不见，黄河之水天上来，奔流到海不复回。
君不见，高堂明镜悲白发，朝如青丝暮成雪。

——李白《将进酒》

通俗表达：祝你一帆风顺。

雅致表达：两岸猿声啼不住，轻舟已过万重山。

——李白《早发白帝城》

通俗表达：日子总会顺起来的。

雅致表达：潮平两岸阔，风正一帆悬。

——王湾《次北固山下》

通俗表达：做事要抓住关键。

雅致表达：射人先射马，擒贼先擒王。

——杜甫《前出塞九首·其六》

通俗表达：书读多了，就能写出好文章。

雅致表达：读书破万卷，下笔如有神。

——杜甫《奉赠韦左丞丈二十二韵》

通俗表达：人生在世，别轻易放弃自己。

雅致表达：幸无白刃驱向前，何用将身自弃捐。

——王建《相和歌辞·公无渡河》

通俗表达：花落了满地。

雅致表达：寂寞萎红低向雨，离披破艳散随风。

——白居易《惜牡丹花二首·其二》

通俗表达：世间万物，都会走向灭亡。

雅致表达：神龟虽寿，犹有竟时；腾蛇乘雾，终为土灰。

——曹操《龟虽寿》

通俗表达：乐观面对有限的人生。

雅致表达：世路虽多梗，吾生亦有涯。

——杜甫《春归》

通俗表达：别说年纪大，人老心不老。

雅致表达：莫道桑榆晚，为霞尚满天。

——刘禹锡《酬乐天咏老见示》

通俗表达： 岁月催人老。

雅致表达： 唯见月寒日暖，来煎人寿。

——李贺《苦昼短》

通俗表达： 岁月流逝，谁都会长白头发，地位显贵的人也躲不掉。

雅致表达： 公道世间唯白发，贵人头上不曾饶。

——杜牧《送隐者一绝》

通俗表达： 懒得打扮自己。

雅致表达： 懒起画蛾眉，弄妆梳洗迟。

——温庭筠《菩萨蛮·小山重叠金明灭》

通俗表达： 月亮和清风都不懂我的心事。

雅致表达： 山月不知心里事，水风空落眼前花。

——温庭筠《梦江南·千万恨》

通俗表达： 拿得起，放得下。

雅致表达： 得即高歌失即休，多愁多恨亦悠悠。

——罗隐《自遣》

通俗表达： 做人，最重要的是开心。

雅致表达： 今朝有酒今朝醉，明日愁来明日愁。

——罗隐《自遣》

通俗表达：昨天的花开得还很艳，今天就快谢了。

雅致表达：昨日看花花灼灼，今朝看花花欲落。

——鲍君徽《惜花吟》

通俗表达：珍惜青春，把握当下。

雅致表达：有花堪折直须折，莫待无花空折枝。

——佚名《杂诗》

通俗表达：从前的心上人从此成了陌生人。

雅致表达：侯门一入深似海，从此萧郎是路人。

——崔郊《赠去婢》

通俗表达：只要心有寄托，任何地方都能成为家。

雅致表达：无论海角与天涯，大抵心安即是家。

——白居易《种桃杏》

通俗表达：美好的事物往往短暂易逝。

雅致表达：来如春梦几多时？去似朝云无觅处。

——白居易《花非花》

通俗表达：往事就像风一样，抓不住就别追了。

雅致表达：浮生暂寄梦中梦，世事如闻风里风。

——李群玉《自遣》

通俗表达：不要为前路担忧，总会有解决问题的办法。

雅致表达：莫愁千里路，自有到来风。

——钱珝《江行无题一百首》

通俗表达：不付出努力，难以获得成功。

雅致表达：不经一番寒彻骨，怎得梅花扑鼻香。

——黄檗禅师《上堂开示颂》

通俗表达：人活一辈子，别跟自己过不去。

雅致表达：人生一世事，何用苦相侵。

——赵嘏《献高骈》

通俗表达：我想做自在、不慕功名的人。

雅致表达：乾坤许大无名姓，疏散人中一丈夫。

——钟离权《题长安酒肆壁三绝句》

通俗表达： 忧愁就像江水一样，怎么也流不完。

雅致表达： 问君能有几多愁，恰似一江春水向东流。

——李煜《虞美人·春花秋月何时了》

通俗表达： 该去的总会去，该来的总会来。

雅致表达： 无可奈何花落去，似曾相识燕归来。

——晏殊《浣溪沙·一曲新词酒一杯》

通俗表达： 人生苦短，该舍得花钱就别心疼。

雅致表达： 浮生长恨欢娱少，肯爱千金轻一笑。

——宋祁《玉楼春·春景》

通俗表达： 站得高才能看得远。

雅致表达： 不畏浮云遮望眼，自缘身在最高层。

——王安石《登飞来峰》

通俗表达： 沉迷于美好的小事，不知不觉误了时间。

雅致表达： 细数落花因坐久，缓寻芳草得归迟。

——王安石《北山》

通俗表达： 珍惜时间，别等老去才追悔莫及。

雅致表达： 日月纷纷车走坂，少年意气何由挽。

——王安石《送春》

通俗表达：世间种种，不过是过眼云烟。

雅致表达：世事一场大梦，人生几度秋凉。

——苏轼《西江月·世事一场大梦》

通俗表达：人生就像一趟旅程，我们都是过客。

雅致表达：人生如逆旅，我亦是行人。

——苏轼《临江仙·送钱穆父》

通俗表达：我想平淡、快乐地度过一生。

雅致表达：小舟从此逝，江海寄余生。

——苏轼《临江仙·夜饮东坡醒复醉》

通俗表达：稳住心态，从容应对风雨。

雅致表达：莫听穿林打叶声，何妨吟啸且徐行。

——苏轼《定风波·莫听穿林打叶声》

通俗表达：哪怕日子清苦、前路坎坷，也要轻松面对。

雅致表达：竹杖芒鞋轻胜马，谁怕？一蓑烟雨任平生。

——苏轼《定风波·莫听穿林打叶声》

通俗表达：不管是风雨还是天晴，内心平静才是关键。

雅致表达：回首向来萧瑟处，归去，也无风雨也无晴。

——苏轼《定风波·莫听穿林打叶声》

通俗表达：趁还没老，就放纵一下吧！

雅致表达：且趁闲身未老，尽放我、些子疏狂。

——苏轼《满庭芳·蜗角虚名》

通俗表达：世间广阔，美好的事物到处都有。

雅致表达：枝上柳绵吹又少。天涯何处无芳草。

——苏轼《蝶恋花·春景》

通俗表达：人这一生，悲喜并存。

雅致表达：佳节清明桃李笑，野田荒冢只生愁。

——黄庭坚《清明》

通俗表达：天气好，心情也跟着好。

雅致表达：此时情绪此时天。无事小神仙。

——周邦彦《喜迁莺·梅雨霁》

通俗表达： 接受现实，顺其自然。

雅致表达： 不须计较苦劳心，万事原来有命。

——朱敦儒《西江月·世事短如春梦》

通俗表达： 越找越冷清，越想越辛酸。

雅致表达： 寻寻觅觅，冷冷清清，凄凄惨惨戚戚。

——李清照《声声慢·寻寻觅觅》

通俗表达： 人生就应快乐自在，不被琐事束缚。

雅致表达： 人生自在常如此，何事能妨笑口开？

——陆游《杂感》

通俗表达： 只有实践，才能理解事物的本质。

雅致表达： 纸上得来终觉浅，绝知此事要躬行。

——陆游《冬夜读书示子聿》

通俗表达： 不知不觉，夏天都过去一半了。

雅致表达： 连雨不知春去，一晴方觉夏深。

——范成大《喜晴》

通俗表达： 午睡醒了不知道做什么好，看小孩玩耍打发时间。

雅致表达： 日长睡起无情思，闲看儿童捉柳花。

——杨万里《闲居初夏午睡起·其一》

通俗表达： 要善于发现美好的事物。

雅致表达： 小荷才露尖尖角，早有蜻蜓立上头。

——杨万里《小池》

通俗表达： 用心感受生活中的美好。

雅致表达： 接天莲叶无穷碧，映日荷花别样红。

——杨万里《晓出净慈寺送林子方》

通俗表达： 之前我们还有书信往来，现在仅剩下思念了。

雅致表达： 去岁尚传鸿雁信，今年空念鹡鸰诗。

——吴潜《小至三诗呈景回制干并简同官·其三》

通俗表达： 今年又是一个丰收年。

雅致表达： 稻花香里说丰年，听取蛙声一片。

——辛弃疾《西江月·夜行黄沙道中》

通俗表达： 要看淡成败得失。

雅致表达： 是非成败转头空。青山依旧在，几度夕阳红。

——杨慎《临江仙·滚滚长江东逝水》

通俗表达： 有些愁绪没尽头，越想越难过。

雅致表达： 绿杨芳草几时休，泪眼愁肠先已断。

——钱惟演《玉楼春·城上风光莺语乱》

通俗表达： 环境和机遇很重要。

雅致表达： 近水楼台先得月，向阳花木易为春。

——苏麟《断句》

通俗表达： 云淡风轻，我就这么悠闲地躺着看云。

雅致表达： 湖上风恬月淡时，卧看云影入玻璃。

——姜夔《湖上寓居杂咏十四首·其二》

通俗表达： 草木都知道春天要来了。

雅致表达： 律回岁晚冰霜少，春到人间草木知。

——张栻《立春偶成》

通俗表达： 人生每个阶段都很美好。

雅致表达： 春有百花秋有月，夏有凉风冬有雪。

——慧开禅师《无门关·平常是道》

通俗表达： 故乡遥不可及。

雅致表达： 人言落日是天涯，望极天涯不见家。

——李觏《乡思》

通俗表达： 不追逐世俗的浮华。

雅致表达： 羽衣常带烟霞色，不惹人间桃李花。

——白玉蟾《卧云》

通俗表达： 人生漂泊无定。

雅致表达： 世事非难料，吾生本自浮。

——陈与义《感事》

通俗表达： 做人交友，不要轻易袒露自己的心声。

雅致表达： 爱惜芳心莫轻吐，且教桃李闹春风。

——元好问《同儿辈赋未开海棠二首·其二》

通俗表达： 往事不堪回首。

雅致表达： 百岁光阴如梦蝶，重回首往事堪嗟。

——马致远《双调·夜行船·秋思》

通俗表达： 一觉醒来神清气爽，窗外的阳光都是懒洋洋的。

雅致表达： 草堂春睡足，窗外日迟迟。

——罗贯中《大梦谁先觉》

通俗表达： 希望有一天能过上田园生活。

雅致表达： 何时得遂田园乐，睡到人间饭熟时。

——钱宰《无题》

通俗表达： 把握当下。

雅致表达： 人生许与分，只在顾盼间。

——杜甫《义鹘》

通俗表达： 倒霉的事全赶到一块儿了。

雅致表达： 屋漏更遭连夜雨，船迟又遇打头风。

——冯梦龙《醒世恒言·卷一》

通俗表达： 没有过不去的坎儿。

雅致表达： 人有逆天之时，天无绝人之路。

——冯梦龙《醒世恒言·卷三十二》

通俗表达： 明月和清风都是不用花钱就能拥有的美好。

雅致表达： 山中莫道无供给，明月清风不用钱。

——王守仁《题灌山小隐二绝·其二》

通俗表达： 潮水来了又去，今天才明白自己是谁。

雅致表达： 钱塘江上潮信来，今日方知我是我。

——施耐庵《水浒传》

通俗表达：以前的日子真美好，现在却物是人非。

雅致表达：赌书消得泼茶香，当时只道是寻常。

——纳兰性德《浣溪沙·谁念西风独自凉》

通俗表达：我们要是能像刚见面那样美妙就好了。

雅致表达：人生若只如初见，何事秋风悲画扇。

——纳兰性德《木兰花·拟古决绝词柬友》

通俗表达：不要因为独处而忧虑。

雅致表达：青山尚且直如弦，人生孤立何伤焉？

——袁枚《独秀峰》

第四章

壮志凌云

——豪言壮语，字字燃魂照河山

通俗表达： 战士们勇敢刚强，不可侵犯。

雅致表达： 诚既勇兮又以武，终刚强兮不可凌。

——屈原《九歌·国殇》

通俗表达： 只要是认准的事，宁死也不放弃。

雅致表达： 亦余心之所善兮，虽九死其犹未悔。

——屈原《离骚》

通俗表达： 学别人好的地方，改自己不足的地方。

雅致表达： 择其善者而从之，其不善者而改之。

——孔子及其弟子《论语·述而》

通俗表达： 即使是普通人，也要有志向。

雅致表达： 匹夫不可夺志也。

——孔子及其弟子《论语·子罕》

通俗表达： 只有亲身实践、亲眼见证，才能了解事物的本质。

雅致表达： 故不登高山，不知天之高也；不临深溪，不知地之厚也。

——荀子《劝学》

通俗表达： 坚持不懈，才能成功。

雅致表达： 锲而舍之，朽木不折；锲而不舍，金石可镂。

——荀子《劝学》

通俗表达： 悄悄努力，然后做出惊人的成绩。

雅致表达： 此鸟不飞则已，一飞冲天；不鸣则已，一鸣惊人。

——司马迁《史记·滑稽列传》

通俗表达： 别瞧不上自己，自信点！

雅致表达： 恢弘志士之气，不宜妄自菲薄。

——诸葛亮《前出师表》

通俗表达： 不断进取，让自己变得更好。

雅致表达： 山不厌高，海不厌深。

——曹操《短歌行》

通俗表达： 男子汉就要闯荡天下。

雅致表达： 丈夫志四海，万里犹比邻。

——曹植《赠白马王彪·并序》

通俗表达： 努力建功立业，不要虚度此生。

雅致表达： 壮士怀愤激，安能守虚冲？

——张华《壮士篇》

通俗表达： 无惧艰险，勇往直前。

雅致表达： 刑天舞干戚，猛志固常在。

——陶渊明《读山海经十三首·其十》

通俗表达：英雄出少年。

雅致表达：犀渠玉剑良家子，白马金羁侠少年。

——卢思道《从军行》

通俗表达：大丈夫应奋起有为，别垂头丧气。

雅致表达：丈夫生世会几时，安能蹀躞垂羽翼！

——鲍照《拟行路难·其六》

通俗表达：再穷也要有志气。

雅致表达：穷且益坚，不坠青云之志。

——王勃《滕王阁序》

通俗表达：少年意气风发，必有远大前程。

雅致表达：陌头车马去翩翩，白面怀书美少年。

——武元衡《送李秀才赴滑州诣大夫舅》

通俗表达：男人要有远大的志向。

雅致表达：丈夫清万里，谁能扫一室。

——刘希夷《从军行》

通俗表达：站得高，看得远。

雅致表达：欲穷千里目，更上一层楼。

——王之涣《登鹳雀楼》

通俗表达：即使历经磨难，也要坚守气节。

雅致表达：苏武才为典属国，节旄落尽海西头。

——王维《陇头吟》

通俗表达：不打胜仗，绝不回家！

雅致表达：黄沙百战穿金甲，不破楼兰终不还。

——王昌龄《从军行七首·其四》

通俗表达：要坚信我们总有一天能实现自己的理想。

雅致表达：长风破浪会有时，直挂云帆济沧海。

——李白《行路难·其一》

通俗表达：年轻就要有冲劲儿。

雅致表达：少年负壮气，奋烈自有时。

——李白《少年行二首·其一》

通俗表达： 形容意气风发的少年。

雅致表达： 五陵年少金市东，银鞍白马度春风。

——李白《少年行二首·其二》

通俗表达： 我的诗能撼动山河，笑傲天下。

雅致表达： 兴酣落笔摇五岳，诗成笑傲凌沧洲。

——李白《江上吟》

通俗表达： 形容骑着白马像流星一样飞驰而过。

雅致表达： 银鞍照白马，飒沓如流星。

——李白《侠客行》

通俗表达： 不轻易否定自己。

雅致表达： 天生我材必有用，千金散尽还复来。

——李白《将进酒》

通俗表达： 我满怀抱负，总有一天会成功的。

雅致表达： 仰天大笑出门去，我辈岂是蓬蒿人。

——李白《南陵别儿童入京》

通俗表达： 要坚守原则。

雅致表达： 受屈不改心，然后知君子。

——李白《赠韦侍御黄裳二首·其一》

通俗表达： 武艺高强，无人能挡。

雅致表达： 十步杀一人，千里不留行。

——李白《侠客行》

通俗表达： 一人守住关口，一万人都攻不进来。

雅致表达： 一夫当关，万夫莫开。

——李白《蜀道难》

通俗表达： 虽然现在是普通人，但将来能成为做大事的人。

雅致表达： 即今江海一归客，他日云霄万里人。

——高适《送桂阳孝廉》

通俗表达： 一心想为国家出力，不为个人功名利禄。

雅致表达： 小来思报国，不是爱封侯。

——岑参《送人赴安西》

通俗表达： 能建功立业的人可以称得上是真英雄。

雅致表达： 功名只向马上取，真是英雄一丈夫。

——岑参《送李副使赴碛西官军》

通俗表达： 在山顶看群山，群山显得好渺小。

雅致表达： 会当凌绝顶，一览众山小。

——杜甫《望岳》

通俗表达： 命运由自己掌控，不靠上天安排。

雅致表达： 歌曰人定兮胜天，半壁久无胡日月。

——刘过《龙洲集·襄阳歌》

通俗表达： 面对困难不畏惧。

雅致表达： 少年恃险若平地，独倚长剑凌清秋。

——顾况《行路难三首·其一》

通俗表达： 不要空谈，要付诸行动。

雅致表达： 清谈可以饱，梦想接无由。

——韩愈《洞庭湖阻风赠张十一署·时自阳山徙掾江陵》

通俗表达： 内心渴望自由。

雅致表达： 我愿生两翅，捕逐出八荒。

——韩愈《调张籍》

通俗表达： 人总要经历磨难才能成长。

雅致表达： 千淘万漉虽辛苦，吹尽狂沙始到金。

——刘禹锡《浪淘沙·其八》

通俗表达： 新的事物总会取代旧的事物。

雅致表达： 沉舟侧畔千帆过，病树前头万木春。

——刘禹锡《酬乐天扬州初逢席上见赠》

通俗表达：珍惜青春时光。

雅致表达：春衣少年当酒歌，起舞四顾以笑和。

——王令《春人》

通俗表达：越挫越勇。

雅致表达：野火烧不尽，春风吹又生。

——白居易《赋得古原草送别》

通俗表达：你的话令我茅塞顿开。

雅致表达：我有迷魂招不得，雄鸡一声天下白。

——李贺《致酒行》

通俗表达：男儿就该保卫祖国。

雅致表达：男儿何不带吴钩，收取关山五十州。

——李贺《南园十三首·其五》

通俗表达：年轻应有凌云壮志，不要自怨自艾，努力去改变现状。

雅致表达：少年心事当拏云，谁念幽寒坐呜呃。

——李贺《致酒行》

通俗表达：身处逆境仍要坚守自己的志向。

雅致表达：但令毛羽在，何处不翻飞。

——吕温《赋得失群鹤》

通俗表达： 失败没什么，还有机会重新开始。

雅致表达： 江东子弟多才俊，卷土重来未可知。

——杜牧《题乌江亭》

通俗表达： 跳出舒适的环境，努力奋斗。

雅致表达： 几人平地上，看我碧霄中。

——侯蒙《临江仙·未遇行藏谁肯信》

通俗表达： 珍惜时光，勤奋学习。

雅致表达： 三更灯火五更鸡，正是男儿读书时。

——颜真卿《劝学》

通俗表达： 站得高，才能看得远。

雅致表达： 不畏浮云遮望眼，自缘身在最高层。

——王安石《登飞来峰》

通俗表达： 志向远大的勇敢少年。

雅致表达： 少年意气强不羁，虎胁插翼白日飞。

——王安石《寄慎伯筠》

通俗表达： 勤奋读书，不断学习。

雅致表达： 旧书不厌百回读，熟读深思子自知。

——苏轼《送安惇秀才失解西归》

通俗表达： 内心渴望建立一番功业。

雅致表达： 会挽雕弓如满月，西北望，射天狼。

——苏轼《江城子·密州出猎》

通俗表达： 目标、能力、坚持是成功的要素。

雅致表达： 古之立大事者，不惟有超世之才，亦必有坚忍不拔之志。

——苏轼《晁错论》

通俗表达： 内在品格超越外在表象。

雅致表达： 何须浅碧深红色，自是花中第一流。

——李清照《鹧鸪天·桂花》

通俗表达： 我渴望乘风高飞，追寻理想。

雅致表达： 九万里风鹏正举。风休住，蓬舟吹取三山去！

——李清照《渔家傲·天接云涛连晓雾》

通俗表达： 我不屑巴结那些有权有势的人。

雅致表达： 诗万首，酒千殇，几曾着眼看侯王。

——朱敦儒《鹧鸪天·西都作》

通俗表达： 不消灭敌人决不罢休。

雅致表达： 逆胡未灭心未平，孤剑床头铿有声。

——陆游《三月十七日夜醉中作》

通俗表达： 我虽然老了，但依旧雄心不已。

雅致表达： 有谁知，鬓虽残，心未死。

——陆游《夜游宫·记梦寄师伯浑》

通俗表达： 今天努力，是为明天打基础。

雅致表达： 古人学问无遗力，少壮工夫老始成。

——陆游《冬夜读书示子聿》

通俗表达： 人生没有真正的绝境。

雅致表达： 山重水复疑无路，柳暗花明又一村。

——陆游《游山西村》

通俗表达： 夜里梦到征战沙场。

雅致表达： 夜阑卧听风吹雨，铁马冰河入梦来。

——陆游《十一月四日风雨大作二首·其二》

通俗表达： 年纪虽老，雄心仍在。

雅致表达： 壮心未与年俱老，死去犹能作鬼雄。

——陆游《书愤二首·其二》

通俗表达： 要有家国情怀。

雅致表达： 位卑未敢忘忧国，事定犹须待阖棺。

——陆游《病起书怀》

通俗表达： 少年意气风发。

雅致表达： 季子正年少，匹马黑貂裘。

——辛弃疾《水调歌头·舟次扬州和人韵》

通俗表达： 我根本不在意别人的嘲笑。

雅致表达： 旁观拍手笑疏狂。疏又何妨，狂又何妨？

——刘克庄《一剪梅·余赴广东实之夜饯于风亭》

通俗表达：不要浪费青春时光。

雅致表达：莫等闲、白了少年头，空悲切。

——岳飞《满江红·写怀》

通俗表达：半辈子拼的功名算不了什么，多年奔波才不容易。

雅致表达：三十功名尘与土，八千里路云和月。

——岳飞《满江红·写怀》

通俗表达：无论经历多少战斗，我始终心怀报国之心。

雅致表达：羡君家世旧缨簪，百战常怀报主心。

——卢氏《送夫赴襄阳》

通俗表达：拼尽全力，实现理想。

雅致表达：我欲乘风去，击楫誓中流。

——张孝祥《水调歌头·闻采石战胜》

通俗表达：有钱时不沉迷，没钱时能安乐。

雅致表达：富贵不淫贫贱乐，男儿到此是豪雄。

——程颢《秋日偶成》

通俗表达：人生应不断进取，看淡功名。

雅致表达：百尺竿头须进步，功名富贵是寻常。

——林光《赠别殷云霄举人》

通俗表达： 不要随波逐流。

雅致表达： 冰雪林中著此身，不同桃李混芳尘。

——王冕《白梅》

通俗表达： 人生最有意义的事就是读书。

雅致表达： 蹉跎莫遣韶光老，人生唯有读书好。

——翁森《四时读书乐·春》

通俗表达： 人生就像南柯一梦。

雅致表达： 一枕清风梦绿萝，人间随处是南柯。

——范成大《题城山晚对轩壁》

通俗表达： 天大地大，随性而活。

雅致表达： 白云满地江湖阔，著我逍遥自在行。

——黎廷瑞《金陵陈月观同年三首·其一》

通俗表达： 多锻炼多吃苦，才能变强大。

雅致表达： 千锤万凿出深山，烈火焚烧若等闲。

——于谦《石灰吟》

通俗表达： 从小就才华横溢，怀揣远大的理想。

雅致表达： 自小多才学，平生志气高。

——汪洙《神童诗》

通俗表达：无论遇到什么困难，总会找到解决的办法。

雅致表达：山高自有客行路，水深自有渡船人。

——吴承恩《西游记》

通俗表达：有志向不在于是否年长。

雅致表达：有志不在年高。

——石玉昆《三侠五义》

通俗表达：经历磨难才能成功。

雅致表达：宝剑锋从磨砺出，梅花香自苦寒来。

——朱熹《警世贤文·勤奋篇》

通俗表达：不管多大年纪，都要活出干劲。

雅致表达：男儿身手和谁赌，老来猛气还轩举。

——陈维崧《醉落魄·咏鹰》

通俗表达：历经无数磨难，依然坚挺不屈。

雅致表达：千磨万击还坚劲，任尔东西南北风。

——郑燮《竹石》

通俗表达：每个时代都有能人。

雅致表达：江山代有才人出，各领风骚数百年。

——赵翼《论诗五首·其二》

通俗表达： 别忘了年轻时曾立志要出人头地。

雅致表达： 须知少日拏云志，曾许人间第一流。

——吴庆坻《题三十小象》

通俗表达： 不要小瞧女子。

雅致表达： 休言女子非英物，夜夜龙泉壁上鸣。

——秋瑾《鹧鸪天·祖国沉沦感不禁》

通俗表达： 死也要死得堂堂正正。

雅致表达： 我自横刀向天笑，去留肝胆两昆仑。

——谭嗣同《狱中题壁》

通俗表达： 我志向为国尽忠，哪怕死在边疆也心甘情愿。

雅致表达： 愿得此身长报国，何须生入玉门关。

——戴叔伦《塞上曲二首·其二》

第五章

怅然落笔

——叹惋成哀，半阕残章诉离殇

通俗表达： 走着走着就散了。

雅致表达： 行行重行行，与君生别离。

——佚名《古诗十九首·行行重行行》

通俗表达： 和你这一别，相隔千万里。

雅致表达： 远与君别者，乃至雁门关。

——江淹《古离别》

通俗表达： 那些人早已不在了。

雅致表达： 昔时人已没，今日水犹寒。

——骆宾王《于易水送人》

通俗表达： 离别令人肝肠寸断。

雅致表达： 悲凉千里道，凄断百年身。

——王勃《别薛华》

通俗表达： 小路上全是送别亲人的人。

雅致表达： 青青杨柳陌，陌上别离人。

——王维《观别者》

通俗表达： 明天就要分别了，今天一起痛快喝酒吧！

雅致表达： 今日暂同芳菊酒，明朝应作断蓬飞。

——王之涣《九日送别》

通俗表达：内心的离愁像潮水一样漫延。

雅致表达：明月随良掾，春潮夜夜深。

——王昌龄《送郭司仓》

通俗表达：雨夜送别后，只剩我孤单一人。

雅致表达：寒雨连江夜入吴，平明送客楚山孤。

——王昌龄《芙蓉楼送辛渐》

通俗表达：想到即将天各一方，我难受极了。

雅致表达：日暮征帆何处泊，天涯一望断人肠。

——孟浩然《送杜十四之江南》

通俗表达：听到离别之歌，心里难受。

雅致表达：朝闻游子唱离歌，昨夜微霜初渡河。

——李颀《送魏万之京》

通俗表达：朋友远走，不问归期。

雅致表达：但去莫复问，白云无尽时。

——王维《送别》

通俗表达：干了这杯，以后很难遇到老朋友了。

雅致表达：劝君更尽一杯酒，西出阳关无故人。

——王维《送元二使安西》

通俗表达： 喝下这杯酒，大家就要分别了。

雅致表达： 飞蓬各自远，且尽手中杯。

——李白《鲁郡东石门送杜二甫》

通俗表达： 我把牵挂托付明月，伴你远行。

雅致表达： 我寄愁心与明月，随君直到夜郎西。

——李白《闻王昌龄左迁龙标遥有此寄》

通俗表达： 瞧瞧那向东流的水，就知道人分开时有多难受了。

雅致表达： 请君看取东流水，方识人间别意长。

——严仁《鹧鸪天·惜别》

通俗表达： 越喝心里越愁。

雅致表达： 抽刀断水水更流，举杯消愁愁更愁。

——李白《宣州谢朓楼饯别校书叔云》

通俗表达： 离别的情意比流水还长。

雅致表达： 请君试问东流水，别意与之谁短长。

——李白《金陵酒肆留别》

通俗表达： 最让人伤心的，就是送别地。

雅致表达： 天下伤心处，劳劳送客亭。

——李白《劳劳亭》

通俗表达： 傍晚时分，满心忧愁。

雅致表达： 暝色入高楼，有人楼上愁。

——李白《菩萨蛮·平林漠漠烟如织》

通俗表达： 一生没哭过，现在却哭个没完。

雅致表达： 平生不下泪，于此泣无穷。

——李白《江夏别宋之悌》

通俗表达： 多久才能收到你的消息？

雅致表达： 罢琴惆怅月照席，几岁寄我空中书。

——杜甫《送孔巢父谢病归游江东兼呈李白》

通俗表达： 看着你独自远去。

雅致表达： 荷笠带斜阳，青山独归远。

——刘长卿《送灵澈上人》

通俗表达： 送别后，心里很伤感。

雅致表达： 猿啼客散暮江头，人自伤心水自流。

——刘长卿《重送裴郎中贬吉州》

通俗表达： 你的身影消失在茫茫的白雪中。

雅致表达： 山回路转不见君，雪上空留马行处。

——岑参《白雪歌送武判官归京》

通俗表达： 分别时，眼泪止不住地流。

雅致表达： 相送情无限，沾襟比散丝。

——韦应物《赋得暮雨送李胄》

通俗表达： 多年后终于重逢。

雅致表达： 十年离乱后，长大一相逢。

——李益《喜见外弟又言别》

通俗表达： 年轻的时候不把分别当回事。

雅致表达： 生平少年日，分手易前期。

——沈约《别范安成》

通俗表达： 看你离去我肝肠寸断。你走吧，别回头。

雅致表达： 一看肠一断，好去莫回头。

——白居易《南浦别》

通俗表达：离别的相思没有尽头。

雅致表达：谁言千里自今夕，离梦杳如关塞长。

——薛涛《送友人》

通俗表达：醒来发现你离开了，心里空落落的。

雅致表达：日暮酒醒人已远，满天风雨下西楼。

——许浑《谢亭送别》

通俗表达：在笛声中，我们各奔东西。

雅致表达：数声风笛离亭晚，君向潇湘我向秦。

——郑谷《淮上与友人别》

通俗表达：过去的事像云一样散了，但离别的伤痛却像江水一样没有尽头。

雅致表达：世情已逐浮云散，离恨空随江水长。

——贾至《巴陵夜别王八员外》

通俗表达：离愁像野草，没完没了。

雅致表达：离恨恰如春草，更行更远还生。

——李煜《清平乐·别来春半》

通俗表达：心里的愁绪像一团乱麻，想剪剪不断，想理却更乱。

雅致表达：剪不断，理还乱，是离愁。

——李煜《相见欢·无言独上西楼》

通俗表达： 等不到你的消息，我满心忧愁。

雅致表达： 青鸟不传云外信，丁香空结雨中愁。

——李璟《摊破浣溪沙·手卷真珠上玉钩》

通俗表达： 舍不得和你分开。

雅致表达： 两岸青山相送迎，争忍有离情。

——林逋《相思令·吴山青》

通俗表达： 分开后，景色再好对我也没有意义。

雅致表达： 此去经年，应是良辰好景虚设。

——柳永《雨霖铃·寒蝉凄切》

通俗表达： 人与人分别后总会有机会再见面的。

雅致表达： 一曲清歌满樽酒，人生何处不相逢。

——晏殊《金柅园》

通俗表达：别再唱伤感的情歌了，听着难受。

雅致表达：离歌且莫翻新阕，一曲能教肠寸结。

——欧阳修《玉楼春·尊前拟把归期说》

通俗表达：越走，离愁越浓。

雅致表达：离愁渐远渐无穷，迢迢不断如春水。

——欧阳修《踏莎行·候馆梅残》

通俗表达：离开了总会再次相逢。

雅致表达：离多最是，东西流水，终解两相逢。

——晏几道《少年游·离多最是》

通俗表达：那不是杨花，分明是离别的人落下的眼泪。

雅致表达：细看来，不是杨花，点点是离人泪。

——苏轼《水龙吟·次韵章质夫杨花词》

通俗表达：离别的思念无人可倾诉。

雅致表达：凭寄离恨重重，者双燕，何曾会人言语。

——赵佶《燕山亭·北行见杏花》

通俗表达：没有离别，就不会愁白头。

雅致表达：若教眼底无离恨，不信人间有白头。

——辛弃疾《鹧鸪天·晚日寒鸦一片愁》

通俗表达：这一去相隔万里，以后怕是再也见不到老朋友了。

雅致表达：向河梁、回头万里，故人长绝。

——辛弃疾《贺新郎·别茂嘉十二弟》

通俗表达：不知道以后在什么地方能再相见。

雅致表达：后会不知何处是，烟浪远，暮云重。

——秦观《江城子·南来飞燕北归鸿》

通俗表达：人生聚散无常。

雅致表达：风雨送人来，风雨留人住。

——游次公《卜算子·风雨送人来》

通俗表达：“愁”字由“秋”“心”合成，是离别之人心中的悲秋。

雅致表达：何处合成愁。离人心上秋。

——吴文英《唐多令·惜别》

通俗表达：悲欢离合让人无奈。

雅致表达：悲欢离合总无情，一任阶前、点滴到天明。

——蒋捷《虞美人·听雨》

通俗表达：人生最痛苦事的就是分别。

雅致表达：月有盈亏花有开谢，想人生最苦离别。

——张鸣善《普天乐·咏世》

通俗表达： 离别人的泪染红了枫叶。

雅致表达： 碧云天，黄花地，西风紧，北雁南飞。晓来谁染霜林醉？总是离人泪。

——王实甫《西厢记·长亭送别》

通俗表达： 为什么人总是不断离别？

雅致表达： 问君何事轻离别，一年能几团圆月。

——纳兰性德《菩萨蛮·问君何事轻离别》

第六章

雅韵浅斟

——围炉煮酒，慢品岁月小清欢

通俗表达： 人生苦短，一边喝酒一边高歌吧！

雅致表达： 对酒当歌，人生几何！

——曹操《短歌行》

通俗表达： 喝酒才能忘记烦恼。

雅致表达： 何以解忧？唯有杜康。

——曹操《短歌行》

通俗表达： 设好酒宴，跟我一同游乐。

雅致表达： 置酒高殿上，亲交从我游。

——曹植《箜篌引》

通俗表达： 在异乡喝酒。

雅致表达： 他乡共酌金花酒，万里同悲鸿雁天。

——卢照邻《九月九日登玄武山》

通俗表达： 主人摆酒，今晚大家欢聚一堂。

雅致表达： 主人有酒欢今夕，请奏鸣琴广陵客。

——李颀《琴歌》

通俗表达： 酒喝不够，话说不完。

雅致表达： 相逢意气为君饮，系马高楼垂柳边。

——王维《少年行四首·其一》

通俗表达：干了这杯离别的酒再出发，今后我们就很难再见了。

雅致表达：劝君更尽一杯酒，西出阳关无故人。

——王维《送元二使安西》

通俗表达：我一个人喝酒，身边没有什么朋友。

雅致表达：花间一壶酒，独酌无相亲。

——李白《月下独酌四首·其一》

通俗表达：朋友不在身边，借酒也无法消愁。

雅致表达：鲁酒不可醉，齐歌空复情。

——李白《沙丘城下寄杜甫》

通俗表达：爱酒才会有酒泉。

雅致表达：地若不爱酒，地应无酒泉。

——李白《月下独酌四首·其二》

通俗表达：希望多喝几杯酒能赶走无尽的忧愁。

雅致表达：穷愁千万端，美酒三百杯。

——李白《月下独酌四首·其四》

通俗表达：美酒、佳肴珍贵且值钱。

雅致表达：金樽清酒斗十千，玉盘珍羞直万钱。

——李白《行路难三首·其一》

通俗表达： 喝酒吧，别想那么多。

雅致表达： 且乐生前一杯酒，何须身后千载名？

——李白《行路难三首·其三》

通俗表达： 赏完花再去喝酒。

雅致表达： 落花踏尽游何处，笑入胡姬酒肆中。

——李白《少年行二首·其二》

通俗表达： 与朋友在花下喝酒，一杯又一杯。

雅致表达： 两人对酌山花开，一杯一杯复一杯。

——李白《山中与幽人对酌》

通俗表达： 边唱边喝。

雅致表达： 唯愿当歌对酒时，月光长照金樽里。

——李白《把酒问月·故人贾淳令予问之》

通俗表达： 酒后一觉睡到大天亮。

雅致表达： 醉来方欲卧，不觉晓鸡鸣。

——孟浩然《寒夜张明府宅宴》

通俗表达： 别愁了，小酌一杯酒！

雅致表达： 人生达命岂暇愁，且饮美酒登高楼。

——李白《梁园吟》

通俗表达： 开心就喝个够。

雅致表达： 人生得意须尽欢，莫使金樽空对月。

——李白《将进酒·君不见》

通俗表达： 不醉不归。

雅致表达： 钟鼓馔玉不足贵，但愿长醉不复醒。

——李白《将进酒》

通俗表达： 快去买酒，继续陪我喝。

雅致表达： 呼儿将出换美酒，与尔同销万古愁。

——李白《将进酒》

通俗表达： 纵情歌唱，痛饮美酒。

雅致表达： 白日放歌须纵酒，青春作伴好还乡。

——杜甫《闻官军收河南河北》

通俗表达： 喝酒，不要为那些琐事烦恼。

雅致表达： 莫思身外无穷事，且尽生前有限杯。

——杜甫《绝句漫兴九首·其四》

通俗表达： 不醉不归。

雅致表达： 一生大笑能几回，斗酒相逢须醉倒。

——岑参《凉州馆中与诸判官夜集》

通俗表达： 摆好酒菜为朋友送行。

雅致表达： 中军置酒饮归客，胡琴琵琶与羌笛。

——岑参《白雪歌送武判官归京》

通俗表达： 年华易逝，想喝酒的时候，不要心疼喝酒的钱。

雅致表达： 人生不得长少年，莫惜床头沽酒钱。

——岑参《蜀葵花歌》

通俗表达： 酒能让我忘记疲惫和烦恼。

雅致表达： 我有一瓢酒，可以慰风尘。

——韦应物《简卢陟》

通俗表达： 与老友坐在院里喝酒聊天。

雅致表达： 开轩面场圃，把酒话桑麻。

——孟浩然《过故人庄》

通俗表达：你何时来找我喝酒？

雅致表达：何当载酒来，共醉重阳节。

——孟浩然《秋登兰山寄张五》

通俗表达：借这杯酒来提振精神。

雅致表达：今日听君歌一曲，暂凭杯酒长精神。

——刘禹锡《酬乐天扬州初逢席上见赠》

通俗表达：让这杯酒为我驱散烦恼。

雅致表达：举觞酹先酒，为我驱忧烦。

——柳宗元《饮酒》

通俗表达：好酒好菜香满屋。

雅致表达：烹龙炮凤玉脂泣，罗帏绣幕围香风。

——李贺《将进酒》

通俗表达：抛开世间琐事，只有酒和诗相伴。

雅致表达：百事尽除去，尚馀酒与诗。

——白居易《对酒闲吟赠同老者》

通俗表达：良辰美景，我却一个人喝酒。

雅致表达：春江花朝秋月夜，往往取酒还独倾。

——白居易《琵琶行》

通俗表达：花开时节，我们借酒消愁。

雅致表达：花时同醉破春愁，醉折花枝作酒筹。

——白居易《同李十一醉忆元九》

通俗表达：围炉品尝新酿的酒。

雅致表达：绿蚁新醅酒，红泥小火炉。

——白居易《问刘十九》

通俗表达：来喝一杯吗？

雅致表达：晚来天欲雪，能饮一杯无？

——白居易《问刘十九》

通俗表达：酒能消解愁苦吗？

雅致表达：心断新丰酒，销愁斗几千。

——李商隐《风雨》

通俗表达：痛快地喝酒，别提明天的事。

雅致表达：劝君今夜须沉醉，尊前莫话明朝事。

——韦庄《菩萨蛮·劝君今夜须沉醉》

通俗表达：敬您一杯美酒，再送您一把好琴！

雅致表达：奉君金卮之美酒，玳瑁玉匣之雕琴。

——鲍照《拟行路难十八首·其一》

通俗表达： 春天赴宴喝酒听歌。

雅致表达： 春日宴，绿酒一杯歌一遍。

——冯延巳《长命女·春日宴》

通俗表达： 自由自在地喝着酒。

雅致表达： 花满渚，酒满瓯，万顷波中得自由。

——李煜《渔父·一棹春风一叶舟》

通俗表达： 喝着酒，钓着鱼，真悠闲。

雅致表达： 一壶酒，一竿身，快活如侬有几人？

——李煜《渔父·浪花有意千里雪》

通俗表达： 喝了酒，流下了相思的泪水。

雅致表达： 明月楼高休独倚，酒入愁肠，化作相思泪。

——范仲淹《苏幕遮·怀旧》

通俗表达：好不容易见面，多喝点儿。

雅致表达：相逢莫厌醉金杯，别离多，欢会少。

——晏殊《醉花间·晴雪小园春未到》

通俗表达：边唱边喝，还是去年的老地方。

雅致表达：一曲新词酒一杯，去年天气旧亭台。

——晏殊《浣溪沙·一曲新词酒一杯》

通俗表达：酒量不行。

雅致表达：绿酒初尝人易醉。一枕小窗浓睡。

——晏殊《清平乐·金风细细》

通俗表达：夕阳下喝酒。

雅致表达：为君持酒劝斜阳，且向花间留晚照。

——宋祁《玉楼春·春景》

通俗表达：端起酒杯，向春风致意。

雅致表达：把酒祝东风，且共从容。

——欧阳修《浪淘沙·把酒祝东风》

通俗表达：喝酒是其次，主要是看风景。

雅致表达：醉翁之意不在酒，在乎山水之间也。

——欧阳修《醉翁亭记》

通俗表达：边喝边聊。

雅致表达：草草杯盘共笑语，昏昏灯火话平生。

——王安石《示长安君》

通俗表达：想过简单的生活，弹琴喝酒看云。

雅致表达：几时归去，作个闲人。对一张琴，一壶酒，一溪云。

——苏轼《行香子·述怀》

通俗表达：凉风吹醒了醉意。

雅致表达：料峭春风吹酒醒，微冷，山头斜照却相迎。

——苏轼《定风波·莫听穿林打叶声》

通俗表达：喝酒吃肉，像神仙一样自在。

雅致表达：谁似濮阳公子贤，饮酒食肉自得仙。

——苏轼《寄吴德仁兼简陈季常》

通俗表达：虽然我老了，但照样可以喝酒。

雅致表达：酒酣胸胆尚开张。鬓微霜，又何妨！

——苏轼《江城子·密州出猎》

通俗表达：这酒不禁喝。

雅致表达：山城酒薄不堪饮，劝君且吸杯中月。

——苏轼《月夜与客饮杏花下》

通俗表达：江南的酒好，歌也好。

雅致表达：江南好，千钟美酒，一曲满庭芳。

——苏轼《满庭芳·蜗角虚名》

通俗表达：越喝酒越困，烦恼一年比一年多。

雅致表达：新酒又添残酒困。今春不减前春恨。

——赵令畤《蝶恋花·卷絮风头寒欲尽》

通俗表达：醉酒逍遥，享受自在人生。

雅致表达：玉楼金阙慵归去，且插梅花醉洛阳。

——朱敦儒《鹧鸪天·西都作》

通俗表达：酒醉后连自己是谁都不知道了。

雅致表达：醉里不知谁是我，非月非云非鹤。

——辛弃疾《念奴娇·赋雨岩》

通俗表达：一觉睡到天亮，酒劲还没过。

雅致表达：昨夜雨疏风骤，浓睡不消残酒。

——李清照《如梦令·昨夜雨疏风骤》

通俗表达：几杯酒，挡不住晚风。

雅致表达：三杯两盏淡酒，怎敌他、晚来风急！

——李清照《声声慢·寻寻觅觅》

通俗表达：我带着酒来到这里，喝醉便躺下看山与月。

雅致表达：我来携酒醉其下，卧看千峰秋月明。

——欧阳修《琅琊山六题·石屏路》

通俗表达：吃着螃蟹，喝着酒。

雅致表达：蟹黄旋擘馋涎堕，酒渌初倾老眼明。

——陆游《病愈》

通俗表达：喝多了，就没烦恼了。

雅致表达：醉里且贪欢笑，要愁那得工夫。

——辛弃疾《西江月·遣兴》

通俗表达：谁来陪我喝酒解闷?

雅致表达：何人把酒慰深幽，开自无聊落更愁。

——苏轼《梅花二首·其一》

通俗表达：在河边摆好酒，和你聊聊心事。

雅致表达：一尊酒，黄河侧。无限事，从头说。

——苏轼《满江红·怀子由作》

通俗表达：想一直醉着。

雅致表达：长醉后方何碍，不醒时有甚思。

——白朴《寄生草·饮》

通俗表达：酿酒喝茶，悠闲度日。

雅致表达：山中何事？松花酿酒，春水煎茶。

——张可久《人月圆·山中书事》

通俗表达：醉酒后不知自己在哪里。

雅致表达：醉后不知天在水，满船清梦压星河。

——唐珙《题龙阳县青草湖》

通俗表达：用桃花换点酒喝。

雅致表达：桃花仙人种桃树，又摘桃花换酒钱。

——唐寅《桃花庵歌》

通俗表达：过去的事就让它过去吧。

雅致表达：一壶浊酒喜相逢。古今多少事，都付笑谈中。

——杨慎《临江仙·滚滚长江东逝水》

通俗表达：唱歌、喝酒、钓鱼、赏秋。

雅致表达：一曲高歌一樽酒，一人独钓一江秋。

——王士祯《题秋江独钓图》

第七章

无限风光

——山河有语，一诗一韵皆天成

通俗表达：季节的更替带来了萧瑟感。

雅致表达：袅袅兮秋风，洞庭波兮木叶下。

——屈原《九歌·湘夫人》

通俗表达：大风呼呼吹，海浪拍得人心慌。

雅致表达：秋风萧瑟，洪波涌起。

——曹操《观沧海》

通俗表达：银河闪闪，像从海里升起来。

雅致表达：星汉灿烂，若出其里。

——曹操《观沧海》

通俗表达：初夏天气凉快，草地绿油油。

雅致表达：首夏犹清和，芳草亦未歇。

——谢灵运《游赤石进帆海》

通俗表达：风能吹叶落，也能催花开。

雅致表达：解落三秋叶，能开二月花。

——李峤《风》

通俗表达：这日落好美呀！

雅致表达：落霞与孤鹜齐飞，秋水共长天一色。

——王勃《滕王阁序》

通俗表达：春风把柳叶裁剪得好漂亮。

雅致表达：不知细叶谁裁出，二月春风似剪刀。

——贺知章《咏柳》

通俗表达：顺着河水追着春光，岸边的桃花把碧水都映红了。

雅致表达：渔舟逐水爱山春，两岸桃花夹古津。

——王维《桃源行》

通俗表达：雨把城市洗得真干净。

雅致表达：渭城朝雨浥轻尘，客舍青青柳色新。

——王维《送元二使安西》

通俗表达：山林间月光皎洁、清泉流淌。

雅致表达：明月松间照，清泉石上流。

——王维《山居秋暝》

通俗表达：沙漠里炊烟直直升起，太阳大又圆。

雅致表达：大漠孤烟直，长河落日圆。

——王维《使至塞上》

通俗表达：乡村的风景真好。

雅致表达：绿树村边合，青山郭外斜。

——孟浩然《过故人庄》

通俗表达： 友人的船渐渐远去，古老的树木枝叶稀疏。

雅致表达： 青枫江上秋帆远，白帝城边古木疏。

——高适《送李少府贬峡中王少府贬长沙》

通俗表达： 一夜之间，花都开了。

雅致表达： 忽如一夜春风来，千树万树梨花开。

——岑参《白雪歌送武判官归京》

通俗表达： 叶子变黄了。

雅致表达： 金井梧桐秋叶黄，珠帘不卷夜来霜。

——王昌龄《长信秋词五首·其一》

通俗表达： 天阴阴的，要下雨了。

雅致表达： 云青青兮欲雨，水澹澹兮生烟。

——李白《梦游天姥吟留别》

通俗表达： 云朵像被揉乱了。

雅致表达： 应是天仙狂醉，乱把白云揉碎。

——李白《清平乐·画堂晨起》

通俗表达： 瀑布像从天上掉下来。

雅致表达： 飞流直下三千尺，疑是银河落九天。

——李白《望庐山瀑布》

通俗表达： 秋风凉，月儿亮。

雅致表达： 秋风清，秋月明，落叶聚还散，寒鸦栖复惊。

——李白《三五七言》

通俗表达： 天地辽阔，人很渺小。

雅致表达： 星垂平野阔，月涌大江流。

——杜甫《旅夜书怀》

通俗表达： 落叶飘零，江水奔涌。

雅致表达： 无边落木萧萧下，不尽长江滚滚来。

——杜甫《登高》

通俗表达： 雨后的花开得沉甸甸的。

雅致表达： 晓看红湿处，花重锦官城。

——杜甫《春夜喜雨》

通俗表达： 满院子都是花香味，我从醉意中醒来。

雅致表达： 夜合花开香满庭，夜深微雨醉初醒。

——窦叔向《夏夜宿表兄话旧》

通俗表达： 花开得正好。

雅致表达： 江碧鸟逾白，山青花欲燃。

——杜甫《绝句二首·其二》

通俗表达： 春雨下得很及时。

雅致表达： 好雨知时节，当春乃发生。

——杜甫《春夜喜雨》

通俗表达： 江水绕村，夏天很静。

雅致表达： 清江一曲抱村流，长夏江村事事幽。

——杜甫《江村》

通俗表达： 雪停了，月亮更亮了。

雅致表达： 山南山北雪晴，千里万里月明。

——戴叔伦《调笑令·边草》

通俗表达： 桥边长草，夕阳斜照。

雅致表达： 朱雀桥边野草花，乌衣巷口夕阳斜。

——刘禹锡《乌衣巷》

通俗表达：湖水和月亮相互映衬。

雅致表达：湖光秋月两相和，潭面无风镜未磨。

——刘禹锡《望洞庭》

通俗表达：一边出太阳一边下雨。

雅致表达：东边日出西边雨，道是无晴却有晴。

——刘禹锡《竹枝词二首·其一》

通俗表达：洞庭山水翠绿。

雅致表达：遥望洞庭山水翠，白银盘里一青螺。

——刘禹锡《望洞庭》

通俗表达：黄河弯弯，带着泥沙来滚滚而来。

雅致表达：九曲黄河万里沙，浪淘风簸自天涯。

——刘禹锡《浪淘沙·其一》

通俗表达：人们都说秋天萧瑟，我却觉得它比春天还要热烈。

雅致表达：自古逢秋悲寂寥，我言秋日胜春朝。

——刘禹锡《秋词二首·其一》

通俗表达：山里没鸟，路上没人。

雅致表达：千山鸟飞绝，万径人踪灭。

——柳宗元《江雪》

通俗表达： 起云了，要下雨刮风。

雅致表达： 溪云初起日沉阁，山雨欲来风满楼。

——许浑《咸阳城东楼》

通俗表达： 夕阳照江，江水半绿半红。

雅致表达： 一道残阳铺水中，半江瑟瑟半江红。

——白居易《暮江吟》

通俗表达： 露珠像珍珠，月亮像弓箭。

雅致表达： 可怜九月初三夜，露似真珠月似弓。

——白居易《暮江吟》

通俗表达： 风吹起浪花，大雁飞上天。

雅致表达： 风翻白浪花千片，雁点青天字一行。

——白居易《江楼晚眺景物鲜奇吟玩成篇寄水部张员外》

通俗表达： 大雪把竹子压断了。

雅致表达： 夜深知雪重，时闻折竹声。

——白居易《夜雪》

通俗表达： 湖水像一幅画。

雅致表达： 湖上春来似画图，乱峰围绕水平铺。

——白居易《春题湖上》

通俗表达：江水很美。

雅致表达：日出江花红胜火，春来江水绿如蓝。

——白居易《忆江南三首·其一》

通俗表达：雨后的荔枝熟了。

雅致表达：锦江近西烟水绿，新雨山头荔枝熟。

——张籍《成都曲》

通俗表达：雨后的小草远看有，近看没有。

雅致表达：天街小雨润如酥，草色遥看近却无。

——韩愈《早春呈水部张十八员外二首·其一》

通俗表达：春天这里最好看。

雅致表达：最是一年春好处，绝胜烟柳满皇都。

——韩愈《早春呈水部张十八员外二首·其一》

通俗表达： 别人都觉得夏天热，我却很爱夏日时光。

雅致表达： 人皆苦炎热，我爱夏日长。

——李昂《夏日联句》

通俗表达： 人生虽美好，但已经到了晚年。

雅致表达： 夕阳无限好，只是近黄昏。

——李商隐《登乐游原》

通俗表达： 屏风映着竹影，银河慢慢沉落，星光也逐渐淡去。

雅致表达： 云母屏风烛影深，长河渐落晓星沉。

——李商隐《嫦娥》

通俗表达： 枫叶比二月的花还红。

雅致表达： 停车坐爱枫林晚，霜叶红于二月花。

——杜牧《山行》

通俗表达： 终南山（在今陕西西安南）与秋色的气势不相上下。

雅致表达： 南山与秋色，气势两相高。

——杜牧《长安秋望》

通俗表达： 秋天到了，但南方的草木还没凋零。

雅致表达： 青山隐隐水迢迢，秋尽江南草未凋。

——杜牧《寄扬州韩绰判官》

通俗表达： 人间烟火，藏在绿水青山间。

雅致表达： 千里莺啼绿映红，水村山郭酒旗风。

——杜牧《江南春》

通俗表达： 站得高了，抬头看太阳，太阳离得很近；低头看白云，白云都在脚下。

雅致表达： 举头红日近，回首白云低。

——寇准《咏华山》

通俗表达： 傍晚下雨，使秋天更加寒凉清朗。

雅致表达： 对潇潇暮雨洒江天，一番洗清秋。

——柳永《八声甘州·对潇潇暮雨洒江天》

通俗表达： 一叶知秋。

雅致表达： 渐觉一叶惊秋，残蝉噪晚，素商时序。

——柳永《竹马子·登孤垒荒凉》

通俗表达： 天上碧云、地上黄叶，秋色延伸到江上。

雅致表达： 碧云天，黄叶地，秋色连波，波上寒烟翠。

——范仲淹《苏幕遮·怀旧》

通俗表达： 静谧的星空。

雅致表达： 微波澄不动，冷浸一天星。

——秦观《临江仙·千里潇湘挼蓝浦》

通俗表达：雨打荷叶。

雅致表达：柳外轻雷池上雨，雨声滴碎荷声。

——欧阳修《临江仙·柳外轻雷池上雨》

通俗表达：夜风吹竹子，听着心好烦。

雅致表达：夜深风竹敲秋韵，万叶千声皆是恨。

——欧阳修《玉楼春·别后不知君远近》

通俗表达：明月什么时候能照着我回家呢？

雅致表达：春风又绿江南岸，明月何时照我还。

——王安石《泊船瓜洲》

通俗表达：天阴了，没一会儿就下暴雨了。

雅致表达：黑云翻墨未遮山，白雨跳珠乱入船。

——苏轼《六月二十七日望湖楼醉书五首·其一》

通俗表达：晴天水亮，雨天山模糊。

雅致表达：水光潋滟晴方好，山色空蒙雨亦奇。

——苏轼《饮湖上初晴后雨二首·其二》

通俗表达：西湖美如西施，怎么看都好看。

雅致表达：欲把西湖比西子，淡妆浓抹总相宜。

——苏轼《饮湖上初晴后雨二首·其二》

通俗表达： 月光照在大地上。

雅致表达： 高松漏疏月，落影如画地。

——文同《新晴山月》

通俗表达： 春天来了。

雅致表达： 竹外桃花三两枝，春江水暖鸭先知。

——苏轼《惠崇春江晚景二首·其一》

通俗表达： 山从不同角度看，样子不一样。

雅致表达： 横看成岭侧成峰，远近高低各不同。

——苏轼《题西林壁》

通俗表达： 风吹来，水面平静。

雅致表达： 清风徐来，水波不兴。

——苏轼《赤壁赋》

通俗表达： 夜雨染绿了荷叶，朝阳染红了荷花。

雅致表达： 夜雨染成天水碧。朝阳借出胭脂色。

——晏殊《渔家傲·粉蕊丹青描不得》

通俗表达： 秋天深了，想念远方的人。

雅致表达： 红叶黄花秋意晚，千里念行客。

——晏几道《思远人·红叶黄花秋意晚》

通俗表达： 风月从不属于谁，却刚好在你需要时来陪你一会儿。

雅致表达： 清风明月无人管，并作南楼一味凉。

——黄庭坚《鄂州南楼书事》

通俗表达： 夕阳下的孤村。

雅致表达： 斜阳外，寒鸦万点，流水绕孤村。

——秦观《满庭芳·山抹微云》

通俗表达： 花谢了又怎样？夏天的树也绿得很动人。

雅致表达： 芳菲歇去何须恨，夏木阴阴正可人。

——秦观《三月晦日偶题》

通俗表达： 雨后，荷叶亮着光，风一吹，荷花就悄悄地“站”起来了。

雅致表达： 叶上初阳干宿雨、水面清圆，一一风荷举。

——周邦彦《苏幕遮·燎沉香》

通俗表达： 晨雾缭绕，银河即将隐去，千帆在风中起舞。

雅致表达： 天接云涛连晓雾，星河欲转千帆舞。

——李清照《渔家傲·天接云涛连晓雾》

通俗表达： 雨把冰化开，柳树发芽了。

雅致表达： 暖雨晴风初破冻，柳眼梅腮，已觉春心动。

——李清照《蝶恋花·暖雨晴风初破冻》

通俗表达： 天上的星星在转，地上的人很安静。

雅致表达： 天上星河转，人间帘幕垂。

——李清照《南歌子·天上星河转》

通俗表达： 树荫和以前一样，只是多了鸟叫声。

雅致表达： 绿阴不减来时路，添得黄鹂四五声。

——曾几《三衢道中》

通俗表达： 我爱写诗，最爱写关于冬天的诗。

雅致表达： 平生诗句领流光，绝爱初冬万瓦霜。

——陆游《初冬》

通俗表达： 丰收了，景色很美。

雅致表达： 梅子金黄杏子肥，麦花雪白菜花稀。

——范成大《夏日田园杂兴》

通俗表达：春风一吹，花都开了。

雅致表达：等闲识得东风面，万紫千红总是春。

——朱熹《春日》

通俗表达：船上的秋色。

雅致表达：满载一船秋色，平铺十里湖光。

——张孝祥《西江月·阻风山峰下》

通俗表达：荷叶一眼望不到头，荷花在阳光下显得格外鲜红。

雅致表达：接天莲叶无穷碧，映日荷花别样红。

——杨万里《晓出净慈寺送林子方》

通俗表达：秋天不冷不热，很舒服。

雅致表达：秋气堪悲未必然，轻寒正是可人天。

——杨万里《秋凉晚步》

通俗表达：天外有星星，山前下小雨。

雅致表达：七八个星天外，两三点雨山前。

——辛弃疾《西江月·夜行黄沙道中》

通俗表达：我看那青山潇洒多姿，想必青山看我也是一样。

雅致表达：我见青山多妩媚，料青山见我应如是。

——辛弃疾《贺新郎·甚矣吾衰矣》

通俗表达： 安静的夏日夜晚。

雅致表达： 明月别枝惊鹊，清风半夜鸣蝉。

——辛弃疾《西江月·夜行黄沙道中》

通俗表达： 夜里花开满树。

雅致表达： 东风夜放花千树，更吹落、星如雨。

——辛弃疾《青玉案·元夕》

通俗表达： 雨天，到处能听到蛙叫。

雅致表达： 黄梅时节家家雨，青草池塘处处蛙。

——赵师秀《约客》

通俗表达： 春天到了，红杏长得都高出墙头了。

雅致表达： 春色满园关不住，一枝红杏出墙来。

——叶绍翁《游园不值》

通俗表达： 霜打落了红叶。

雅致表达： 昨夜清霜冷絮裯，纷纷红叶满阶头。

——钱时《立冬前一日霜对菊有感》

通俗表达： 水面静得像睡着了，无风也无浪。

雅致表达： 淡烟微雨锁横塘，且看无风浪。

——盍西村《小桃红·淡烟微雨锁横塘》

通俗表达：春雨落下，一点也不觉得冷。

雅致表达：沾衣欲湿杏花雨，吹面不寒杨柳风。

——志南《绝句·古木阴中系短篷》

通俗表达：枫叶、菊花，都很好看。

雅致表达：丹枫万叶碧云边，黄花千点幽岩下。

——张抡《踏莎行·秋入云山》

通俗表达：江边的落日真美。

雅致表达：晚天长，秋水苍。山腰落日，雁背斜阳。

——赵善庆《普天乐·秋江忆别》

通俗表达：夕阳照着安静的村庄，只剩老树上的乌鸦和划过天边的大雁。

雅致表达：孤村落日残霞，轻烟老树寒鸦，一点飞鸿影下。

——白朴《天净沙·秋》

通俗表达：景色太美，只可惜画不出来。

雅致表达：此时此景真堪画，只恐丹青笔未精。

——邵雍《和商守雪霁登楼》

通俗表达：光阴流失，但绿水青山依旧美丽。

雅致表达：青山依旧在，几度夕阳红。

——杨慎《临江仙·滚滚长江东逝水》

通俗表达： 烟花像星星一样落下来。

雅致表达： 纷纷灿烂如星陨，燿燿喧豗似火攻。

——赵孟頫《赠放烟火者》

通俗表达： 凄冷的秋天，孤独的人。

雅致表达： 谁念西风独自凉。萧萧黄叶闭疏窗。沉思往事立残阳。

——纳兰性德《浣溪沙·谁念西风独自凉》

通俗表达： 早春二月，春风拂面，草长莺飞。

雅致表达： 草长莺飞二月天，拂堤杨柳醉春烟。

——高鼎《村居》

通俗表达： 初冬的景色仍然很美。

雅致表达： 初冬景物未萧条，红叶青山色尚娇。

——吴伟业《题王石谷虞山枫林图》

第八章

闲情逸致

——日子生香，琴棋书画诗茶花

通俗表达：夫妻和睦相伴，岁月静好。

雅致表达：琴瑟在御，莫不静好。

——佚名《诗经·郑风·女曰鸡鸣》

通俗表达：珍惜眼前平凡的美好。

雅致表达：石榴未拆梅犹小，爱此山花四五株。

——张祜《樱桃》

通俗表达：身心放松，融入自然。

雅致表达：松风吹解带，山月照弹琴。

——王维《酬张少府》

通俗表达：在竹林里弹琴吹口哨，自在得很。

雅致表达：独坐幽篁里，弹琴复长啸。

——王维《竹里馆》

通俗表达：有书香与琴相伴，孤独也成了享受。

雅致表达：从此静窗闻细韵，琴声长伴读书人。

——李群玉《书院二小松》

通俗表达：趁年轻尽情尽兴。

雅致表达：弹棋击筑白日晚，纵酒高歌杨柳春。

——高适《别韦参军》

通俗表达：坐在池边煎茶下棋，日子简单又自在。

雅致表达：小鼎煎茶面曲池，白须道士竹间棋。

——李商隐《即目》

通俗表达：松树下喝茶下棋，人生难得休闲。

雅致表达：系马松间不忍归，数巡香茗一枰棋。

——黄滔《题灵峰僧院》

通俗表达：有琴声、有竹影、有棋局，日子简简单单。

雅致表达：声拂琴床生雅趣，影侵棋局助清欢。

——王禹偁《官舍竹》

通俗表达：有时，等待不是煎熬，而是一种享受。

雅致表达：有约不来过夜半，闲敲棋子落灯花。

——赵师秀《约客》

通俗表达：要珍惜光阴，努力学习。

雅致表达：读书不觉已春深，一寸光阴一寸金。

——王贞白《白鹿洞二首·其一》

通俗表达：内在的充实更重要。

雅致表达：粗缯大布裹生涯，腹有诗书气自华。

——苏轼《和董传留别》

通俗表达： 拥有时不懂珍惜，失去后才知寻常日子最难得。

雅致表达： 赌书消得泼茶香，当时只道是寻常。

——纳兰性德《浣溪沙·谁念西风独自凉》

通俗表达： 这棵松树画得太逼真了。

雅致表达： 画松一似真松树，且待寻思记得无？

——景云《画松》

通俗表达： 坚守本色才是真格调。

雅致表达： 我家洗砚池头树，朵朵花开淡墨痕。

——王冕《墨梅》

通俗表达： 被山水美景治愈了。

雅致表达： 山水含清晖，清晖能娱人。

——谢灵运《石壁精舍还湖中作》

通俗表达： 原来这是画里的景。

雅致表达： 春去花还在，人来鸟不惊。

——王维《画》

通俗表达： 爬上高处写写诗，趁时光尚好做喜欢的事。

雅致表达： 春秋多佳日，登高赋新诗。

——陶渊明《移居二首·其二》

通俗表达： 信纸这么美，要好好写首诗。

雅致表达： 浣花笺纸桃花色，好好题诗咏玉钩。

——李商隐《送崔珏往西川》

通俗表达： 没事时看看书，下雨时赏赏景。

雅致表达： 枕上诗书闲处好，门前风景雨来佳。

——李清照《摊破浣溪沙·病起萧萧两鬓华》

通俗表达： 雪梅相映，春天美极了！

雅致表达： 日暮诗成天又雪，与梅并作十分春。

——卢钺《雪梅二首·其二》

通俗表达： 午睡正香，突然听见小孩在捣茶。

雅致表达： 日午独觉无馀声，山童隔竹敲茶臼。

——柳宗元《夏昼偶作》

通俗表达： 靠在床边喝茶，看茶烟跟着落花风飘。

雅致表达： 今日鬓丝禅榻畔，茶烟轻飏落花风。

——杜牧《题禅院》

通俗表达： 昨天风吹花开，今天酒醒喝茶。

雅致表达： 昨日东风吹枳花，酒醒春晚一瓯茶。

——李郢《酬友人春暮寄枳花茶》

通俗表达： 准备好名家的画和好茶，认真款待朋友。

雅致表达： 唤人扫壁开吴画，留客临轩试越茶。

——文同《北斋雨后》

通俗表达： 趁着年轻，喝酒写诗。

雅致表达： 且将新火试新茶，诗酒趁年华。

——苏轼《望江南·超然台作》

通俗表达： 一盏茶就能暖人心。

雅致表达： 寒夜客来茶当酒，竹炉汤沸火初红。

——杜耒《寒夜》

通俗表达： 生活中总有些热闹的小动静。

雅致表达： 侍立小童閒不动，萧萧石鼎煮茶声。

——马臻《竹窗》

通俗表达：春天山里采茶忙。

雅致表达：山村处处采新茶，一道春流绕几家。

——吴兆《暮春偶过山家》

通俗表达：住的地方，青苔、野草自在生长。

雅致表达：苔痕上阶绿，草色入帘青。

——刘禹锡《陋室铭》

通俗表达：不随波逐流。

雅致表达：梅花不肯傍春光，自向深冬著艳阳。

——韩偓《梅花》

通俗表达：即使天寒地冻，依旧能自由绽放。

雅致表达：墙角数枝梅，凌寒独自开。

——王安石《梅花》

通俗表达：心中有爱，日子再清苦也充满诗意。

雅致表达：竹影和诗瘦，梅花入梦香。

——王庭筠《绝句》

通俗表达：再厉害的人，也有不如别人的地方。

雅致表达：梅须逊雪三分白，雪却输梅一段香。

——卢梅坡《雪梅二首·其一》

通俗表达：真正的美好，值得耐心等待。

雅致表达：幽兰生前庭，含薰待清风。

——陶渊明《饮酒·幽兰生前庭》

通俗表达：各有各的风景。

雅致表达：山中兰叶径，城外李桃园。

——王勃《春庄》

通俗表达：好东西往往藏得深，随缘遇见才惊喜。

雅致表达：谷深不见兰生处，追逐微风偶得之。

——苏辙《答琳长老寄幽兰白术黄精三本二绝》

通俗表达：安静的地方，连草木都很温柔。

雅致表达：涧水无声绕竹流，竹西花草弄春柔。

——王安石《钟山即事》

通俗表达：越往竹林深处走，越能感受到清凉。

雅致表达：竹深树密虫鸣处，时有微凉不是风。

——杨万里《夏夜追凉》

通俗表达：睡个午觉，放松放松。

雅致表达：竹方床，针线慵拈午梦长。

——李重元《忆王孙·夏词》

通俗表达： 享受平淡生活。

雅致表达： 采菊东篱下，悠然见南山。

——陶渊明《饮酒·其五》

通俗表达： 秋菊绽放，色彩迷人。

雅致表达： 秋菊有佳色，裛露掇其英。

——陶渊明《饮酒二十首·其七》

通俗表达： 偏爱菊花不是没理由。

雅致表达： 不是花中偏爱菊，此花开尽更无花。

——元稹《菊花》

通俗表达： 等家酿熟了，请你来畅饮。

雅致表达： 更待菊黄家酝熟，共君一醉一陶然。

——白居易《与梦得沽酒闲饮且约后期》

通俗表达：黄菊为谁而开？

雅致表达：问篱边黄菊，知为谁开。

——秦观《满庭芳·碧水惊秋》

通俗表达：像菊花一样保持坚韧。

雅致表达：荷尽已无擎雨盖，菊残犹有傲霜枝。

——苏轼《赠刘景文》

通俗表达：百花都谢了，只有菊花傲立枝头。

雅致表达：寒花开已尽，菊蕊独盈枝。

——杜甫《云安九日郑十八携酒陪诸公宴》

第九章

珍馐美馔

——秀色可餐，舌尖百味韵悠长

通俗表达： 秋风起，正是家乡的鲈鱼肥美的时节。

雅致表达： 秋风起兮木叶飞，吴江水兮鲈正肥。

——张翰《思吴江歌》

通俗表达： 一边喝酒一边吃螃蟹。

雅致表达： 摇扇对酒楼，持袂把蟹螯。

——李白《送当涂赵少府赴长芦》

通俗表达： 豪门的奢华饮食。

雅致表达： 紫驼之峰出翠釜，水精之盘行素鳞。

——杜甫《丽人行》

通俗表达： 新鲜的鲫鱼切成丝与香芹一起制成鱼羹。

雅致表达： 鲜鲫银丝脍，香芹碧涧羹。

——杜甫《陪郑广文游何将军山林十首·其二》

通俗表达： 冒雨去割新鲜的韭菜，再煮好小米饭招待客人。

雅致表达： 夜雨剪春韭，新炊间黄粱。

——杜甫《赠卫八处士》

通俗表达： 吃着春菜，想起在故地度过的春天。

雅致表达： 春日春盘细生菜，忽忆两京梅发时。

——杜甫《立春》

通俗表达： 春天正是吃鱼的好时候。

雅致表达： 西塞山前白鹭飞，桃花流水鳜鱼肥。

——张志和《渔歌子·西塞山前白鹭飞》

通俗表达： 刚出炉的芝麻饼，又脆又香。

雅致表达： 胡麻饼样学京都，面脆油香新出炉。

——白居易《寄胡饼与杨万州》

通俗表达： 姑娘们争着扮靓，春茶急着冒头。

雅致表达： 青娥递舞应争妙，紫笋齐尝各斗新。

——白居易《夜闻贾常州崔湖州茶山境会亭欢宴》

通俗表达： 喷香的米饭搭配鲜鱼与香蟹。

雅致表达： 炊粳蟹螯熟，下箸鲈鱼鲜。

——李颀《送马录事赴永阳》

通俗表达： 雨后，炊烟飘香。

雅致表达： 柴门寂寂黍饭馨，山家烟火春雨晴。

——贯休《春晚书山家屋壁二首·其一》

通俗表达： 春笋像金子一样贵。

雅致表达： 嫩箨香苞初出林，於陵论价重如金。

——李商隐《初食笋呈座中》

通俗表达： 一家人围坐在一起生火煮刚钓到的鲈鱼。

雅致表达： 一尺鲈鱼新钓得，儿孙吹火荻花中。

——郑谷《淮上渔者》

通俗表达： 鱼香撞上米饭香。

雅致表达： 石斑鱼鲊香冲鼻，浅水沙田饭绕牙。

——李频《及第后还家过岘岭》

通俗表达： 雨后的芦花惹人喜爱，渔船上升起袅袅炊烟。

雅致表达： 最爱芦花经雨后，一篷烟火饭鱼船。

——林逋《咏秋江》

通俗表达： 人们都喜爱鲈鱼的鲜美。

雅致表达： 江上往来人，但爱鲈鱼美。

——范仲淹《江上渔者》

通俗表达： 想不通的时候就喝酒吃蟹。

雅致表达： 问胡苦思之，对酒把新蟹。

——欧阳修《水谷夜行寄子美圣俞》

通俗表达： 莼菜和鲈鱼的味道都很鲜美。

雅致表达： 莼菜鲈鱼方有味，远来犹喜及秋风。

——欧阳修《初出真州泛大江作》

通俗表达： 只要天天有荔枝吃，我愿一辈子住在岭南。

雅致表达： 日啖荔枝三百颗，不辞长作岭南人。

——苏轼《惠州一绝》

通俗表达： 红白绿相间，看着很有食欲。

雅致表达： 青浮卵碗槐芽饼，红点冰盘藿叶鱼。

——苏轼《二月十九日携白酒鲈鱼过詹使君食槐叶冷淘》

通俗表达： 看见风景就联想到美味。

雅致表达： 长江绕郭知鱼美，好竹连山觉笋香。

——苏轼《初到黄州》

通俗表达： 劳作后享受美食的生活是最快乐的。

雅致表达： 西崦人家应最乐，煮芹烧笋饷春耕。

——苏轼《新城道中二首·其一》

通俗表达： 蟹黄配酒，蟹腿肉下饭，吃到撑。

雅致表达： 半壳含黄宜点酒，两螯斫雪劝加餐。

——苏轼《丁公默送蝤蛑》

通俗表达： 品尝农家的清茶和野菜。

雅致表达： 雪沫乳花浮午盏，蓼茸蒿笋试春盘。

——苏轼《浣溪沙·细雨斜风作晓寒》

通俗表达： 石榴配年糕，樱桃蘸奶酪。

雅致表达： 浆石榴随糕作节，蜡樱桃与酪同时。

——陆游《杂咏园中果子四首·其二》

通俗表达： 粗茶淡饭也是人间美味。

雅致表达： 二升畲粟香炊饭，一把畦菘淡煮羹。

——陆游《山居食每不肉戏作》

通俗表达： 薏米煮粥，满屋飘香。

雅致表达： 大如芡实白如玉，滑欲流匙香满屋。

——陆游《薏苡》

通俗表达： 春天一来，好吃的就跟着冒头了。

雅致表达： 紫青莼菜卷荷香，玉雪芹芽拔薤长。

——范成大《晚春田园杂兴十二绝·其一》

通俗表达：松江鲈鱼的鲜美是独一无二的。

雅致表达：短篷炊饮鲈鱼熟，除却松江枉费诗。

——辛弃疾《鹧鸪天·送欧阳国瑞入吴中》

通俗表达：酒飘香，蟹鲜美，让人大快朵颐。

雅致表达：酒味已醇新过熟，蟹螯先实不须霜。

——韩琦《九日水阁》

通俗表达：岁月静好。

雅致表达：儿向草间寻落果，妻从墙角过香醪。

——叶绍翁《访隐者》

通俗表达：色香味俱全佳的佳肴。

雅致表达：青青竹笋迎船出，白白江鱼入馔来。

——杜甫《送王十五判官扶侍还黔中》

通俗表达：朴素却养生的饭食。

雅致表达：吹云饭青精，煮石羹白芋。

——李廌《鹿门寺》

通俗表达：立春这天采摘野菜、佩戴春燕宝钗。

雅致表达：春盘宜剪三生菜，春燕斜簪七宝钗。

——元好问《喜春来·春盘宜剪三生菜》

通俗表达：美好的田园生活。

雅致表达：酒新篘，鱼旋打，有鸡豚竹笋藤花。

——杨朝英《水仙子·自足》

通俗表达：柑橘上市，螃蟹肥美，多好的下酒菜。

雅致表达：金卮满劝莫推辞，已是黄柑紫蟹时。

——马致远《湘妃怨·金卮满劝莫推辞》

通俗表达：鲈鱼肥美、菰菜脆嫩，做成羹汤鲜美无比，荞麦和新榨的油做成的饼也是香脆可口。这些都是初冬的时令美食。

雅致表达：鲈肥菰脆调羹美，荞熟油新作饼香。

——陆游《初冬绝句》

第十章

客居异地

——归心难寄，清风万里动乡愁

通俗表达： 没想到，竟然离家这么久了。

雅致表达： 入春才七日，离家已二年。

——薛道衡《人日思归》

通俗表达： 客居他乡，归期难定。

雅致表达： 长江悲已滞，万里念将归。

——王勃《山中》

通俗表达： 越靠近家乡心里越忐忑。

雅致表达： 近乡情更怯，不敢问来人。

——宋之问《渡汉江》

通俗表达： 一直怀念故土，却只能望着家乡的方向发呆。

雅致表达： 不知何处吹芦管，一夜征人尽望乡。

——李益《夜上受降城闻笛》

通俗表达： 一首歌让我想起家乡，想到泪流不止。

雅致表达： 忽闻歌古调，归思欲沾巾。

——杜审言《和晋陵陆丞早春游望》

通俗表达： 春风勾起思乡梦，梦里一路追逐它回到了故乡。

雅致表达： 春风一夜吹乡梦，又逐春风到洛城。

——武元衡《春兴》

通俗表达：飞翔的大雁啊，帮我捎去对故乡的思念吧。

雅致表达：乡书何处达，归雁洛阳边。

——王湾《次北固山下》

通俗表达：一心一意保家卫国。

雅致表达：一寸丹心图报国，两行清泪为思亲。

——于谦《立春日感怀》

通俗表达：多想知道故乡的消息，那里的梅花开没开？

雅致表达：君自故乡来，应知故乡事。来日绮窗前，寒梅著花未？

——王维《杂诗三首·其二》

通俗表达：越接近节日，越是思念亲人。

雅致表达：独在异乡为异客，每逢佳节倍思亲。

——王维《九月九日忆山东兄弟》

通俗表达：谁在夜里听到家乡的曲调，能忍不住怀念它呢？

雅致表达：此夜曲中闻折柳，何人不起故园情。

——李白《春夜洛城闻笛》

通俗表达：抬头看着月亮，更加想家了。

雅致表达：举头望明月，低头思故乡。

——李白《静夜思》

通俗表达： 回家的路真的太遥远了。

雅致表达： 故园东望路漫漫，双袖龙钟泪不干。

——岑参《逢入京使》

通俗表达： 还是家乡的月亮最明亮啊！

雅致表达： 露从今夜白，月是故乡明。

——杜甫《月夜忆舍弟》

通俗表达： 在外的游子是妈妈最牵挂的人。

雅致表达： 慈母手中线，游子身上衣。临行密密缝，意恐迟迟归。

——孟郊《游子吟》

通俗表达： 寄给远隔万里的亲人的家书，都被眼泪浸湿了。

雅致表达： 泪墨洒为书，将寄万里亲。

——孟郊《归信吟》

通俗表达：在外漂泊的人，只能自伤自怜了。

雅致表达：六翮飘飖私自怜，一离京洛十余年。

——高适《别董大二首·其二》

通俗表达：不知不觉，离家的日子又过了一年。

雅致表达：故乡今夜思千里，霜鬓明朝又一年。

——高适《除夜作》

通俗表达：回家的路真是太遥远了。

雅致表达：回看巴路在云间，寒食离家麦熟还。

——王建《江陵使至汝州》

通俗表达：可以归乡的消息实在令人欣喜若狂呀！

雅致表达：却看妻子愁何在，漫卷诗书喜欲狂。

——杜甫《闻官军收河南河北》

通俗表达：有千言万语想对家人说，却不知从何说起。

雅致表达：洛阳城里见秋风，欲作家书意万重。

——张籍《秋思》

通俗表达：走到哪里都有故乡的影子。

雅致表达：行人无限秋风思，隔水青山似故乡。

——戴叔伦《题稚川山水》

通俗表达： 离开家乡的人啊，你要一路珍重。

雅致表达： 饮马逢黄菊，离家值白头。

——李端《送客赴江陵寄郢州郎士元》

通俗表达： 盼望见到家乡的故人，却只能望穿秋水。

雅致表达： 芳草已云暮，故人殊未来。

——韦庄《章台夜思》

通俗表达： 孤独的人最思乡。

雅致表达： 朝来入庭树，孤客最先闻。

——刘禹锡《秋风引》

通俗表达： 离家再久，也改不了乡音。

雅致表达： 少小离家老大回，乡音无改鬓毛衰。

——贺知章《回乡偶书二首·其一》

通俗表达： 离家太久了，家乡的人和事都变了样。

雅致表达： 离别家乡岁月多，近来人事半消磨。

——贺知章《回乡偶书二首·其二》

通俗表达： 离家的日子总是让人难以入睡。

雅致表达： 月落乌啼霜满天，江枫渔火对愁眠。

——张继《枫桥夜泊》

通俗表达： 离开家乡，我该何去何从呢？

雅致表达： 日暮乡关何处是？烟波江上使人愁。

——崔颢《黄鹤楼》

通俗表达： 没有比回家的路更让人熟悉的了。

雅致表达： 不愁日暮还家错，记得芭蕉出槿篱。

——于鹄《巴女谣》

通俗表达： 想家想到不敢眺望远方。

雅致表达： 不忍登高临远，望故乡渺邈，归思难收。

——柳永《八声甘州·对潇潇暮雨洒江天》

通俗表达： 思乡却不能归，真叫人无奈。

雅致表达： 浊酒一杯家万里，燕然未勒归无计。

——范仲淹《渔家傲·秋思》

通俗表达： 在外漂泊的人，总容易触景生情。

雅致表达： 夕阳西下，断肠人在天涯。

——马致远《天净沙·秋思》

通俗表达： 一想到要离开家就犯愁。

雅致表达： 还家未久又离家，日暮新愁分外加。

——鲁迅《别诸弟三首庚子二月·其二》

第十一章

讽喻古今

——笔锋犀利，箴言百句斥时弊

通俗表达： 真是无可救药，无法改变。

雅致表达： 朽木不可雕也，粪土之墙不可圬也。

——孔子及其门徒《论语·公冶长》

通俗表达： 别和见识浅的人理论。

雅致表达： 夏虫不可以语于冰者，笃于时也。

——庄子及其门徒《庄子·秋水》

通俗表达： 就是个徒有其表的人。

雅致表达： 沐猴而冠带，知小而谋强。

——曹操《薤露行》

通俗表达： 真是怀才不遇啊……

雅致表达： 不才明主弃，多病故人疏。

——孟浩然《岁暮归南山》

通俗表达： 贪图享乐让人不思进取。

雅致表达： 西施醉舞娇无力，笑倚东窗白玉床。

——李白《口号吴王美人半醉》

通俗表达： 贫富差距太大。

雅致表达： 朱门酒肉臭，路有冻死骨。

——杜甫《自京赴奉先县咏怀五百字》

通俗表达：天地无情，不能改变现状。

雅致表达：眼枯即见骨，天地终无情！

——杜甫《新安吏》

通俗表达：遇事就退缩，真不像个男子汉！

雅致表达：十四万人齐解甲，更无一个是男儿。

——花蕊夫人《述国亡诗》

通俗表达：不孝之人，也不可能被孝敬。

雅致表达：当时父母念，今日尔应知。

——白居易《燕诗示刘叟》

通俗表达：忘恩负义的人哪里会记得别人的好？

雅致表达：春风为开了，却拟笑春风。

——李商隐《嘲桃》

通俗表达：真是今非昔比啊。

雅致表达：空闻虎旅传宵柝，无复鸡人报晓筹。

——李商隐《马嵬二首·其二》

通俗表达：别再对我妄加猜测了！

雅致表达：不知腐鼠成滋味，猜意鹓雏竟未休。

——李商隐《安定城楼》

通俗表达： 庸才岂能有大志向？

雅致表达： 厩中皆肉马，不解上青天。

——李贺《马诗二十三首·其二十三》

通俗表达： 人心隔肚皮。

雅致表达： 海枯终见底，人死不知心。

——杜荀鹤《感寓》

通俗表达： 我真是聪明反被聪明误啊！

雅致表达： 人皆养子望聪明，我被聪明误一生。

——苏轼《洗儿诗》

通俗表达： 有些人，真是有眼无珠。

雅致表达： 时人不识凌云木，直待凌云始道高。

——杜荀鹤《小松》

通俗表达： 与生死相比，权势都是浮云。

雅致表达： 莫辞吊枯骨，千载长如此。

——邵谒《长安寒食》

通俗表达： 往日有多得意，现在就有多失落。

雅致表达： 还似旧时游上苑，车如流水马如龙。

——李煜《忆江南·多少恨》

通俗表达： 人贵有自知之明。

雅致表达： 鲍老当筵笑郭郎，笑他舞袖太郎当。

——杨亿《咏傀儡》

通俗表达： 小人最擅长借势张狂。

雅致表达： 乱条犹未变初黄，倚得东风势便狂。

——曾巩《咏柳》

通俗表达： 小人得志，只是一时罢了。

雅致表达： 解把飞花蒙日月，不知天地有清霜。

——曾巩《咏柳》

通俗表达： 真是不公平啊！

雅致表达： 遍身罗绮者，不是养蚕人。

——张俞《蚕妇》

通俗表达：识人要看本质，不能只看表面。

雅致表达：识本色人须本色，臭味论心不论迹。

——方回《醉翁亭图引为赵达夫作》

通俗表达：贪得无厌的人最自私。

雅致表达：看儿女如衔泥燕，爱钱财似竞血蝇。

——佚名《梧叶儿·嘲贪汉》

通俗表达：贪心的人连蝇头小利也不会放过。

雅致表达：夺泥燕口，削铁针头，刮金佛面细搜求，无中觅有。

——佚名《醉太平·讥贪小利者》

通俗表达：名气大不如真本事。

雅致表达：两头蛇南阳卧龙，三脚猫渭水飞熊。

——张鸣善《双调·水仙子·讥时》

通俗表达：要坚守本心，做自己。

雅致表达：从来万事嫌高格，莫怪梅花着地垂。

——徐渭《王元章倒枝梅画》

通俗表达：见识短的人就会随声附和。

雅致表达：矮人看戏何曾见，都是随人说短长。

——赵翼《论诗五首·其三》

通俗表达：解决问题应该“治本”而非“治标”。

雅致表达：息火当息薪，弭兵当弭饥。

——钱嵘《悯黎咏》

通俗表达：小人没有规矩可言，只有一副空皮囊。

雅致表达：眼前道路无经纬，皮里春秋空黑黄。

——曹雪芹《红楼梦·螃蟹咏》

通俗表达：贪婪最终的归宿往往都是一场空。

雅致表达：无明夜攒金银，都做充饥画饼。

——佚名《梧叶儿·嘲贪汉》